KB059021

이세계에서 '평균적'인 능력을
부여받은 소녀.

성격 강한 신인 헌터.
공격마법이 특기.

검사. 신입 파티
'붉은 맹세'의 리더.

신인 헌터.
상냥한 소녀지만……

원더 쓰리 　　　　　　　　【브란델 왕국】

아델의 친구.
귀족이며 마법을 잘 쓴다.

왕국의 왕녀.
아델에게 흥미가 있다.

아델의 친구.
상인의 둘째 딸.

아델의 친구.
평민의 딸

바노라크 왕국

아스컴으로
돌아가는 반환점

여인숙 사건이
일어난 마을

왕도
샤레이라즈

브란델
왕국

카라미테이

아스컴령

△ 침공군

왕도

마일이
헌터 등록한 마을

티루스 ㅇ

'붉은 맹
등록ㄷ

대국
아르반 제국

지난 줄거리

아스컴 자작가의 장녀 아델 폰 아스컴은 열 살이 되던 어느 날, 강렬한 두통과 함께 모든 것을 기억해냈다.

자신이 예전에 열여덟 살의 일본인 쿠리하라 미사토였다는 것과 어린 소녀를 구하려다가 대신 목숨을 잃었다는 것, 그리고 신을 만났다는 사실을……

너무 잘나서 주변의 기대가 커, 자기 생각대로 살 수 없었던 미사토는 소원을 묻는 신에게 이런 부탁을 했다.

"다음 인생에서 능력은 평균치로 부탁드립니다!"

그런데 뭐야, 어쩐지 이야기가 좀 다르잖아!

나노머신과 대화를 나눌 수 있고, 인간과 고룡(古龍)의 평균이어서 마력이 마법사의 6,800배?!

처음 다닌 학원에서 소녀와 왕녀님을 구하기도 하고.

마일이라는 이름으로 입학한 헌터 양성 학교에서 동급생들과 결성한 소녀 사인조 파티 '붉은 맹세'로 대활약!

수행 여행을 떠난 '붉은 맹세'는 어느 작은 마을 여인숙의 자매를 구하고, 불치병 때문에 괴로워하는 남작가 영애를 돕는다.

다시 돌아가 대제국의 마수로부터 아스컴 자작령을 구하고 나니, 이번에는 이웃 나라에서 마물들이 밀어닥쳐 힘으로 다시 쫓아보내고!

게다가 수행에서 개별 행동에 나선 메비스가 '정체불명의 아가씨'와 그 호위들을 구하는데?!

God bless me?

CONTENTS

제76장 빛나는 목숨 2

"무, 무, 무슨……."

말문이 막힌 호위 리더.

적들도 굳어 있었다.

메비스가 호위들을 향해 말했다.

"만약 제가 여기서 죽으면 제 동료들에게 연락을. 그럼 그들이 제 가족에게 소식을 전해줄 거예요. 그리고 가능하다면 메비스가 장렬히 싸웠다는 말도 함께……."

실은 야영 때, 다음 도시의 길드 지부에 전언을 부탁하면 동료와 연락이 닿을 거라는 사실과 그녀들에게 지명 의뢰를 하면 국경까지 무사히 달아날 수 있으리라는 말을 미리 전해 두었다.

메비스의 말이 계속해서 이어졌다.

"제가 절반 넘게 해치우고, 나머지 놈들도 상처를 내서 전투 능력을 떨어트려 놓을게요. 그 후에 공주님을 모시고 탈출을. 한 분이 끝까지 공주님 옆에 계셔 주세요. 그리고 두 분은 몸을 던져 최대한 지체 방어를 부탁드립니다!"

마일에게 배운 '지체 방어'라는 개념 역시 야영 때 설명해 두었다.

작전 계획이 적의 귀에 그대로 들어갔지만, 문제 될 것은 없었다. 듣든 말든 해야 할 일은 똑같았다. 이쪽도, 그리고 저쪽도.

"큰소리치기는! 어린 계집 혼자서, 서른한 명이나 되는 우리를 상대하겠다는 것이냐!"

적의 지휘관은 별로 언짢지도 않다는 듯이 그렇게 외쳤다. ……아마도 죽음을 각오한 메비스가 스스로 고무시키려고 일부러 큰 소리 떵떵 치고 있다고 생각한 모양이었다.

하지만 메비스는 정말로 진지했고, 진심이었다.

"아일리메인 님, 우리에게 잠시 시간을 주시겠습니까!"

메비스가 소녀를 '공주'라고 불러버린 바람에, 들킨 것을 알아차린 호위 리더는 적의 지휘관의 이름을 불렀다. 아무래도 아는 사이 같았다.

한편 지휘관은 상대의 의도를 몰랐기 때문에 긍정도 부정도 하지 않았다. 그것을 멋대로 긍정이라는 의사표시로 받아들인 호위 리더가 메비스에게 말했다.

"……전장에서의 임시 서훈을 받아줄 수 없으십니까?"

"예?"

임시 서훈. 그것은 전쟁터에서, 그 전투가 이루어지는 동안에만 임시로 기사에 임명하는 것을 뜻한다.

큰 피해가 나서 기사가 부족하거나 생환이 거의 불가능한 임무를 수행하는 경우, 현지에서 세 명의 상위 기사 추천을 받고 남작 이상의 귀족이 증인으로 나서면 임시 기사를 임명할 수 있다.

만약 임무를 끝내고 무사 생환하면 그 시점에서 무효가 되지만, 그렇다 하더라도 보통은 나중에 추인되어 정식 서훈이 내려지곤 했다. 그리고 전사한 경우에는.

15

……그럴 때는 기사로 맞이한 죽음이기에 죽은 후에도 기사로 대우한다. 이른바 전장에서 죽은 자에게 주는 최대한의 선물이었다.

"으……."

바꿔 말하자면 그만큼 가벼이 행사할 수 있는 제도가 아니었다. 적어도 신분조차 모르는, 잠깐 만난 헌터에게 선뜻 내릴 수 있는 게 아니었다. 절대로…….

엄청난 선물에 할 말을 잃은 메비스.

"즈, 증인이 없어서요……."

메비스가 겨우 그 말을 꺼내자, 호위 리더는 설마 했던 적의 지휘관을 향해 머리를 숙였다.

"아일리메인 남작, 증인을 부탁합니다."

지금부터 목숨 건 사투를 벌일 상대, 즉 적에게 임시 서훈의 증인을 부탁하다니?

……제정신이 아니다. 그런 부탁을 받아들일 사람 따위, 있을 리가 없다.

"…………그러지."

"허어어어어어어억?!"

말도 안 되는 전개에 경악해서 소리치는 메비스.

하지만 같은 편 호위들 그리고 적군들도 어느 한 사람 놀란 표정을 짓지 않았다. 다들 아일리메인 남작이 그 상식에서 벗어난 부탁을 들어준 것이 너무도 당연하다는 표정을 짓고 있었다. 물론 부탁한 사람과 승낙한 사람, 두 장본인까지 포함해서.

그렇게 호위 리더가 머리 숙이자, 아일리메인 남작이 가볍게 응해주었다.

"자리가 자리인 만큼 저희가 이름을 대는 것도 꺼려지는 까닭에, 간략히 진행하는 것을 부디 용서 바랍니다. 저희 세 명의 상급 기사가 메비스 님을 전장에서의 임시 서훈에 추거(推擧)합니다. 이의 있는 분 계신지!"

아무도 입을 열지 않았다.

"아일리메인 남작, 부탁합니다!"

"에헴, 전부 다 생략하다니……. 그래도 뭐, 최소한의 요건은 만족하였는가……. 나, 아일리메인 남작가 당주 갈랫 폰 아일리메인, 전장에서의 임시 서훈, 두 눈으로 분명히 보았노라! 이곳에서 무사히 살아남을 때까지는 그자가 기사라는 사실을 이곳에서 선언한다!"

남작의 우렁찬 선언을 듣고 다소 표정이 부드러워진 호위들.

이제 모두 죽게 되는데도.

그리고 자신들 때문에 아무 상관도 없는, 전도유망한 귀족 여성까지 괜한 죽음을 맞이하게 되는데도.

그래도 마지막 전별의 뜻으로 그 여성에게 기사라는 지위를 선물할 수 있었던 것, 또 적과 아군이라는 관계이기는 해도 아일리메인 남작이 자신들의 마음에 응해주었다는 것이 기뻤으리라.

……기사.

그렇게나 동경하고, 되고 싶었던 기사.

기사로 죽을 수 있다.

메비스는 환한 미소를 지었다. 그리고…….

"아니, 기쁘긴 한데요! 엄청 감사하긴 한데요! 하지만 저는 제 실력으로 기사가 되고 싶어서요! ……뭐, 아주 잠시나마 기사 기분을 만끽할 수 있기야 하겠지만……."

조금 전까지는 죽음을 각오한 것처럼 말했지만, 사실 죽을 생각이 전혀 없었다.

아니, 이 상황에서 살아남기는 어렵겠지만, 처음부터 승리를 포기하고 싸움에 몸을 던질 메비스가 아니었다.

그런 그녀는 주머니에서 남은 네 개의 마이크로스 중 세 개를 움켜쥐었다.

아무리 신기술인 '메비스 링(고리 결계)'을 쓴다고 해도, 진 신속검으로 어떻게든 해볼 만한 상대라도, 그녀 혼자 상대할 만한 숫자가 아니었다. 온갖 수단을 다 써도 승리할 확률은 무척 낮았다.

하지만 포기하면 확률은 0이 된다. 포기만 하지 않는다면 아무리 낮은 확률이라 할지언정 절대 0은 아니다.

마일이 자주 말하지 않았던가. '메비스 씨, 포기하면 거기서 싸움은 끝이에요'라고…….

메비스는 마이크로스 세 개의 뚜껑을 열고 단숨에 전부 들이켰다.

"부탁한다, 마이크로스!"

이제 중상은 사실상 확정이었다. 설령 적의 검에 베이지 않더라도.

"미안해, 죽을 생각은 조금도 없지만 어쩌면 나 먼저 가게 될지도 몰라. 레나, 폴린, ……그리고, 마일!"

작은 목소리로 중얼거린 후 기를 다스렸고, 그 기가 검을 따라 몸 밖으로 방출되어 링(고리 결계)이 형성된 메비스는 적을 향해 큰 소리로 자신의 이름을 외쳤다.

"메비스 폰 오스틴, 간다! 내 빛나는 목숨을 잘 보아라!"

채앵, 쿠웅!
퍼엉, 콰콰쾅, 휘익!

"으헉!"
"빠, 빨라……!"
"뭐 하는 거얏, 막앗! 동시에 덤벼! 점이 아니라 면으로 제압……!"

챙, 쿵!

"한심하기는! 고작 어린 계집 하나를 상대로……!"

병사 몇 명이 호위와 공주 쪽으로 가려고 했을 때 그들의 등에 메비스의 검이 작렬했다.

"으아아악!"

뒤에 적이 있는데 등을 돌려 다른 적과 싸우려고 하다니, 죽고 싶어 환장한 것일까……

당황하며 메비스 쪽으로 돌아선 적을 향해, 호위가 순간적으로 달려들어 등을 벤 다음 다시 재빨리 원래 위치로 돌아갔다.

"젠장, 그쪽은 내버려 둬! 달아나지 못하게 감시만 해도 되니까! 일단 이 계집애를……, 으악!"

부하에게 지시를 내리던, 분대장으로 보이는 병사가 땅에 쓰러졌다.

메비스가 종횡무진 날아다니는 바람에, 급속도로 전투 능력이 저하되어가는 적군들.

……하지만 그것도 결과적으로는 짧은 시간에 지나지 않았다.

"하악, 하악, 하악……."

아무리 마이크로스의 힘으로 가속했다고는 하나, 이렇게 많은 수의 숙련된 병사를 상대로 다치지 않고 끝날 리는 없었다. 차마 피하지 못한 공격은 방어구로 받아낸다 치더라도 방어구 너머로 오는 타격이 점점 쌓인 데다가, 계속 격하게 몸을 움직인 탓에 마이크로스의 반동으로 뼈가 부러지고 힘줄이 끊어지고 근육이 찢어졌다.

어느새 메비스의 움직임이 멈췄고, 그녀를 둘러싼 적들 역시 멈추었다.

"……여기까지인가 보군. 자기 신체의 한계를 초월한 힘을 발휘하는 기술에는 탄복했지만, 그래 봐야 어린 계집의 몸. 육체가 버티질 못하는군……. 단련 부족이다."

적의 지휘관이 그렇게 지적하자, 분해서 입술을 깨무는 메비스.

"그래도 무척 훌륭한 실력인 건 변함없다. 우리 근위 제1소대

31명을 상대로, 절반 가까이 전투 불능 상태로 만든 것도 모자라 나머지도 성한 녀석이 없다니……. 게다가 이 와중에 치명상을 내지 않으려고 조절해가며 싸웠다……. 이런 만남이 아니었더라면 내 며느리가 되어달라고 부탁했을지도 모르겠군. 하지만 그런 너도 이젠 움직일 수 없겠지. 어때, 그만 항복하지 않겠는가? 이만하면 의리는 충분히 다했다고 보는데."

하지만 메비스는 묵묵히 고개를 가로저었다.

"나는 그저, 이 빛나는 목숨을 가지고, 나의 신념 그리고 정의를 보여줄 뿐!"

거기에는 한 조각의 망설임도 없었다.

"그러한가……. 그럼 적어도 단칼에……. 마지막으로 한 번만 더 네 이름을 말해주지 않겠는가? 아들과 손자 그리고 부하들에게 위대한 검사의 이름을 들려주고 싶으니."

그것은 검사로서 최대의 극찬이리라. 메비스는 그 말에 응해 이름을 밝혔다.

"메비스 폰 오스틴……, 아니,"

그리고 머리를 가로젓더니 다시 말했다.

"헌터 파티, 『붉은 맹세』소속, 검사 메비스!"

"호오, 최후의 순간 밝힌 이름이 귀족으로서가 아니라 한 검사 그리고 한 헌터로서의 이름이라니! 아깝다, 참으로 아까워, 메비스여! 대신 그 이름, 내가 똑똑히 기억하마. 그리고 내 가족과 부하들에게도 너의 이름을 전하마. 너의 부모에게도 네 멋진 최후의 순간을 반드시 전해주겠다. 그러니 안심하고, 자긍심을 가지고……."

"그럴 필요는 없습니다!"

"누구냐!"

지휘관과 병사들이 주위를 두리번거렸지만, 인기척은 없었다. 그런데 그때.

찌이이익!

메비스의 오른쪽 옆, 허공이 대뜸 2m 정도 세로로 찢어졌다. 그리고 그 공간 틈으로 불쑥 튀어나온 다리 하나.
"헌터 파티『붉은 맹세』소속."
이어서 쏘옥 나온 머리와 몸통.
"마일!"
이번에는 반대쪽, 메비스의 왼쪽 옆 2m 부근에 높이 1m 정도 되는 공간이 수평 방향으로 소용돌이치더니 그 소용돌이가 점점 아래로 내려오기 시작했다. 그리고 뒤따라 등장한 붉은 머리카락, 굳은 표정, ……그리고 밋밋한 가슴.
"그리고 붉은 레나!"
이어서 붉은 머리카락 소녀 옆의 공간이 펑 터지더니 모습을 드러낸 거유 소녀.

"그리고 폴린!"

세 사람의 눈이 메비스 쪽을 향했다.

검에 베인 상처와 토한 피로 엉망이 된 너덜너덜한 몸에 왼팔과 오른쪽 다리가 축 늘어져 있는, 소중한 동료가 있는 쪽을⋯⋯.

""""호호우.""""

섬뜩.

역전의 병사일 사람들이 무슨 영문인지 한기를 느끼고 있었다.

""""호호우⋯⋯.""""

"그으으런가요오⋯⋯."

생긋 웃고 있지만, 눈은 전혀 웃지 않는 마일.

"그렇구나아⋯⋯."

눈도 얼굴도 웃지 않는 레나.

"그런 건가요⋯⋯."

그리고 눈도 얼굴도 웃고 있는데, 무슨 영문인지 등골이 서늘해지는 폴린의 기운.

"뭐지⋯⋯?! 은폐마법 같은 건가! 그보다 이왕 숨었으면 괜히 모습을 드러내지 않고 그대로 덮치면 됐을 것을⋯⋯. 결국은 신출내기 헌터인가⋯⋯."

"예? 아아, 딱히 기습까지 해가며 싸울 필요가 없었을 뿐인데요?"

"뭐얏?!"

적의 지휘관 아일리메인 남작은 폴린의 대수롭지 않다는 대답에 눈을 부라렸다.

"흠, 허풍이나 떨어대고……. 메비스 님 같은 실력자가 세 사람이나 나타났다면 모르겠으나 메비스 님만 바라보는 시답잖은 헌터라면 몇 명이 늘어난들 이 상황은 바뀌지 않아! 얌전히 물러났다가, 나중에 메비스 님의 넋이나 위로하는 게 좋을 것이다……."

메비스를 몹시 높게 평가하는 모양인지, 적인데도 '님' 자를 붙이는 지휘관.

그것은 아무 상관도 없는 자의 허망한 죽음을 더 늘리지 않고, 메비스의 시신을 동료의 손에 맡기려는 마음 씀씀이기도 했다.

……하지만.

"……큭! 크, 크크, 크크크큭……. 푸~하하하하, 아하하하하하!"

메비스가 폭소했다.

그러더니 눈가에 맺힌 눈물을 손가락으로 닦으며 소리쳤다.

"난 『붉은 맹세』에서 『최약체』라는 이름을 남용하고 있어. 그래, 우리 사천왕 가운데 최약체라고! 애당초 내 검 스승이자 온갖 필살기를 전수해준 사람이 바로 거기에 있는 마일인데?"

""""""헉…….""""""

아연실색하는 적의 병사들.

"서, 설마……, 이런 괴물이, 세 명이나 더……."

표정이 멍한 적들을 무시하고 메비스가 마일에게 부탁했다.

"마일, 치유마법을 부탁할게."

치유는 보통 폴린 담당이지만, 부상이 너무 심해 힘줄과 관절, 내장까지 위험한 상태인 지금은 마일에게 부탁하는 편이 더 마음 놓였다. 폴린도 그 정도는 알고 있었기에 별로 기분 나빠 하지 않았다.

"아, 그런데 겉모습은 치료하지 말고 그대로 둬줘."

치유와 관련해 주문사항을 넣는 메비스.

"그게 더……."

""멋있으니까!""

메비스와 마일의 목소리가 화음을 이루었다.

"내장, 골격, 근육, 혈관, 신경, 그 밖의 기타 등등, 세포 증식으로 결합, 복구! 시간이 걸리는 부분은 일단 세라믹 플레이트 등 합성 소재로 응급처치. 합성 혈액을 만들어 보충. 단, 피부 표면의 재생 보수는 없음. 외관은 그대로. 기가 힐!"

마일의 수수께끼 같은 치유 주문 덕분에 어느 정도 움직일 수 있게 된 메비스. 그리고…….

"아~, 레나와 폴린은 저분들의 호위를 부탁해도 될까? 미안하지만 지금은 나랑 마일 둘이서 마법 없이 검만으로 승부를 겨뤄 보고 싶어."

사실은 마구 날뛰고 싶었을 테지만 묵묵히 고개를 끄덕이며 호위들 쪽으로 걸어가는 레나와 폴린. 그 모습을 보고 적군들의 얼굴이 창백하게 질렸다.

"허, 허세가……, 아닌, 건가…….."

마술사가 둘씩이나 있으니 공격마법을 쏟아부으면 그만이다. 그렇게만 해도 적에게 혼란과 타격을 줘서 상당한 우위에 설 수 있다. 하지만 그럴 필요조차 없다는 듯 그 수단을 쉽사리 내던졌다.

……그저 자신의 사소한 의지만을 위해서.

그것은 자신들의 승리를 조금도 의심하지 않는 자에게만 허락되는 사치…….

"전원, 돌겨어어어어억!"

위기 탐지라는 본능이 최대 음량으로 경보음을 울려댔다.

지휘관 아일리메인 남작은 단판 승부를 걸었지만, 그렇다고 뭐가 어떻게 되지는 않았다.

이미 메비스는 말하는 도중에 주머니에서 마지막 남은 마이크로스를 꺼내 꿀꺽 삼켰다. 그 모습을 본 마일이 순간 눈썹을 움찔했지만, 아무 말도 하지 않았다.

"엑스트라(EX) 진 신속검! ……그리고 친구들을 위해 짜낸 나의 새로운 힘, 메비스류 기공술 최고 비술, 메비스 링(고리 결계)! 내 빛나는 목숨을 보아라!"

"마일 신경검(神驚劍)!"

메비스의 소개가 너무 멋있어서 자기도 허둥지둥 즉흥적으로 기술명을 만든 마일. 신도 경탄하는 검기, 라는 뜻이었지만 어딘지 표절 냄새가 솔솔 났다.

"요격전이에요!"

"오케이!"

요격이란 이쪽이 적이 있는 곳으로 움직이는 게 아니라 이쪽이 원하는 곳으로 적을 불러들여서 대응해 싸우는 것을 뜻한다.

마술사를 보호하는 게 원래 역할인 메비스와 마일의 전투 방식은 재빨리 달려가 적을 교란하고 아군에게 위협이 되는 적을 먼저 쓰러트리는 것이었으나, 이번에는 레나와 폴린 그리고 세 명의 호위 검사까지 합세해 거목을 등지고 방어하고 있었다. 아군 걱정은 할 필요 없었다.

게다가 메비스의 몸은 아직 정상이 아니었다. 무리해서 격렬한 순간 발사를 반복하는 것은 메비스에게 큰 부담이 되리라. 그래서 선택한 것이 요격전이었다.

어차피 적은 마일과 메비스를 무시하고 호위 쪽으로 갈 수 없었다. 억지로 해봐야 뒤에서 공격당하거나 '자, 어서 각개격파해 주세요' 하고 나서는 꼴일 뿐이다.

그리고 마일 일행이 재빨리 달려와 적을 교란하는 전법이 아니라 요격전을 선택한 최대 이유. 그건 바로……

'의지를 완전히 꺾어버리는 것!'

앞으로 남은 전력을 모아 다시 추격하려는 생각조차 들지 않도록 완전히 짓밟고 의지를 꺾어버리는 것에 있었다.

적의 마음을 흔들도록, 한 번 선언한 것은 번복하지 않도록, 천천히 짓밟아줘야 한다. 물론 전멸 직전에 달아날 만큼 경망스러운 병사가 존재할 리도 없었다.

"크에에에에에~!!"

뇌천당죽 가르기.(정수리를 강타하는 기술. 프로레슬러 자이언트바바의 필살기)

키 작은 마일의 머리 위로 날아드는 검.

신장 차이를 이용한 내려치기였다. 보통 이런 걸 검으로 받아내면 힘 차이 때문에 그대로 밀리기 일쑤다.

……보통은 말이다.

채앵!

"헉……."

만약 그것이 절대 부러지지 않는 검이라면? 강력한 힘으로 꿈적도 하지 않는다면?

그건 결국 거대한 바위를 검으로 내리친 것이나 마찬가지.

……병사의 검이 부러지는 건 당연한 결과였다. 어차피 부러지지 않았어도 손에서 검을 놓쳤을 것이다.

휘익, 하고 반사적으로 뒤로 물러난 병사에게, 중상을 입고 땅을 구르던 병사 중 하나가 필사적으로 자신의 검을 내밀었다. 미안하다는 한마디와 함께 그 검을 받아드는 병사.

이어서 연속으로 혹은 동시에 내리치고 찌른 검들도 전부 막혔다.

"역시, 네놈도 괴물이었나……."

아직 어린 소녀로 근육 하나 없을 것 같은 몸. 무술이 뛰어나다고는 도저히 생각할 수 없는, 아마추어 같은 몸놀림. ……하지만 그 검은 빠르고, 묵직했다.

"하지만 물러설 수 없다! 설령 상대 쪽에 악마가 깃들어 있든 여신의 수호를 받고 있든, 절대 물러설 수 없다!"

그 말을 들은 마일은 변신해서 '여신? ……그건, 이런 얼굴인가~?' 하는 농담을 날리고 싶은 욕구가 샘솟았지만, 마일도 그 정도로 눈치 없는 아이는 아니었다.

혼이 빠져나간 얼굴로 서 있는 세 호위 검사와 아가씨.

시시하다는 표정을 짓고 있는 레나와 폴린.

의기양양한 마일.

땅에 쓰러진 30명의 병사.

그리고 서로 마주 보고 선 메비스와 아일리메인 남작.

"이제 남은 사람은 당신뿐입니다. 항복하세요."

메비스의 말에 남작이 고개를 가로저었다.

"설령 승리할 확률이 한없이 낮더라도 싸움을 내팽개치거나 승리를 포기할 수는 없지! 주인을 향한 충성, 기사로서의 의지와 자긍심, ……그리고 쓰러진 부하들을 위해서!"

아무래도 그에게 설득의 여지는 없는 것 같았다.

"고로 이 갈랫 폰 아일리메인! 그대에게 일대일 승부를 청한다!"

아일리메인 남작이 그렇게 말했지만, 물론 메비스는 그 제안을 받을 이유도 의무도, 한다 해서 얻을 메리트도 없었다.

더구나 그는 '밝힐 수 없는 이유'로 소녀를 습격한 무리의 지휘관이었다. 상당한 실력자겠지만 이대로 마일과 둘이서 동시에 베어버리면 그만이었다.

이런 실없는 소리를 들어줄 필요도 없었다.

"기꺼이, 받아들이죠."

"""""""""………….""""""""

물론 그 자리에 있는 사람들 가운데 메비스가 그 신청을 거절하리라 생각한 사람은 단 한 명도 없었다.

"근위 제1소대장, 갈랫 폰 아일리메인, 간다!"

"『붉은 맹세』 리더, 검사 메비스, 갑니다!"

검을 쥐고 천천히 거리를 좁히는 두 사람.

그때 아일리메인 남작이 갑자기 바닥을 걸어찼다. ……흙먼지를 날려 상대방의 시야를 가리기 위해.

이것은 장난으로 하는 싸움이 아니다. 서로의 목숨, 주인을 향한 충성, 쓰러진 부하들을 생각하는 마음, 그리고 자신의 의지를 건 전투였다. 그래서 체면 차릴 때가 아니었다. 그저 자신의 모든 것을 걸고 부딪칠 뿐.

……그리고 당연한 말이지만 그것은 메비스 역시 마찬가지였다.

"윈!"

'윈드 엣지'를 한 글자로 줄인 말을 외침과 동시에 검을 통해 '기'를 내뿜은 메비스.

검을 휘두르지 않고 쥔 상태에서 하는 발동이었기에 날카로운 검기가 날아가는 게 아니라 몸 주변으로 충격파가 발생했다.

물론 임기응변이라 바람이 이는 힘이 약해 화살이나 검을 막을

정도는 아니었지만, 흙덩이나 모래알을 막기에는 충분했다.

주문 영창을 생략하고 마법명만으로 발동시키는 '영창 생략 마법'. 그것을 더욱 줄인 완전한 무영창. 그것도 이 세계 마술사들의 상식인 '속으로 외우는' 의미의 무영창이 아니라 영창이 전혀 필요 없는 마일표 완전 무영창인데, 그런 줄도 모르고 그저 '기공술'이라고만 생각하고 있는 메비스.

""""헉……."""""

마일 일행이 입을 쩍 벌리고 황당해했다.

그리고…….

"영창 생략 마법이라니……. 그 검 실력에 마법까지 쓴다고?!"

경악하는 아일리메인 남작.

"하지만, 그래도! 그래도 질 수는 없다! 간다, 아일리메인 가 최종 비술, 귀멸검!"

땅을 나뒹구는 31명의 적군.

그 자리에 우두커니 서 있는 세 호위와 마일, 레나, 폴린.

……그리고 온몸으로 '도움'을 요청하는 메비스와 그런 메비스에게 찰싹 달라붙은 미소녀.

"……살려줘……."

메비스, 적에게는 강해도 여자에게는 약했다.

……자신도 일단은 '여자'인데도 불구하고…….

＊　　＊

"······그렇게 된 것입니다."

이만큼이나 얽힌 마당에 마냥 숨기고만 있을 수는 없다고 생각했는지, 호위 리더는 꽤 중요한 부분까지 '붉은 맹세' 멤버들에게 이야기했다.

도시의 어느 여인숙.

그 후로 마일 일행은 땅에 쓰러진 병사들을 그대로 버려두고 예정대로 해가 지기 전에 도시에 도착해 숙소를 잡았다.

이동하기 전, 메비스와 아가씨에게 마일과 폴린이 정밀한 치유 마법을 걸어주었기 때문에 둘 다 티끌만큼의 상처조차 없는 탱탱한 피부로 돌아와 있었다. 물론 겉모습뿐 아니라 몸속도 정성껏 치유마법으로 고쳐놓았다.

심각한 내상은 치유마법으로 고치기에는 다소 시간이 걸리지만, 접골이나 끊어진 힘줄을 이어붙이는 것 정도는 일시적으로 인공물······ 아니, 나노공물로 응급처치할 수 있으므로 전투 등을 할 때도 큰 지장이 없었다. 참고로 나노공물은 나노머신이 제어하는 세포 급속 증식에 따라 차례대로 철거되어 완벽하게 원래대로 돌아오게 되어 있었다.

"그렇군요, 그러니까 역병이 돌아 여러분의 주인과 자녀가 모

33

두 죽고 주인의 첫째 남동생의 딸이 후계자가 되었는데, 둘째 남동생이 이의를 제기하고 나왔다는 거군요…….”

호위 리더의 설명을 폴린이 요약했다.

아무래도 이 나라는 아무리 첫째 남동생이 죽고 없다고 해도 계승 순위는 달라지지 않는 모양이었다.

죽은 첫째 남동생을 거쳐 그 자식에게로 계승권이 내려가는 것이다. 만약 남동생에게 자식이 없다면 그때는 둘째 남동생의 혈육이 이어받겠지.

물론 호위 리더는 ‘어느 가문의 일’이라고 말했지만, 새삼스러운 일이었다.

일반적인 귀족 가문이라면 다른 영지로 도피한 다음 그곳의 도움을 받아 왕궁과 이어지리라. 굳이 국경을 넘어 다른 나라로 달아나려고 하지는 않을 것이다.

또 자기 영지 안이라면 모를까, 일반적인 귀족이 남의 영지로 이렇게 병사를 대거 투입할 리가 없었다. 그랬다가는 바로 아웃, 귀족 간의 갈등이 일어나 틀림없이 왕궁의 개입이 들어올 것이다. 그것은 찬탈자에게도 좋은 수가 아니다. ……그것도 아주 많이.

……그렇다면…….

아니, 그렇게까지 생각할 것도 없다.

적의 지휘관이 말하지 않았던가. ‘우리 근위 제1소대’라고.

하지만 그 부분은 언급하지 않는 것이 소녀가 갖춰야 할 도리였다.

“……하루에, 금화 2닢이요.”

"엥?"

갑작스러운 폴린의 말이 순간 이해되지 않아 호위 리더가 되물었다.

"호위비요. 길드를 통하지 않는 자유 의뢰니까 공적 포인트를 받지 못한다는 점, 위험도가 꽤 높다는 점, 적이 도적보다 훨씬 강한 정규군이라는 점, 그리고 다쳤을 경우 치유마법 무료 서비스까지 포함해서 일 인당 하루 소금화 5닢, 총 네 명이므로 금화 2닢 되겠습니다. 이 상황을 고려했을 때 파격적으로 싼값이 아닌가 싶은데……."

"그렇게 하지요!"

대번에 그렇게 대답하고 품에서 돈주머니를 꺼낸 호위 리더는 꽤 묵직한 주머니 속에서 동전 한 닢을 꺼내 폴린에게 건넸다.

"어……?!"

폴린이 동전을 뚫어지게 쳐다보기만 하자, 이상하게 여긴 마일이 옆에서 들여다보았다.

"오리하르콘화……."

그렇다, 금화 10닢의 가치가 있는 바로 그 오리하르콘화였다.

아마 그가 가진 돈주머니 속 내용물 대부분이 오리하르콘화이리라. 그리고 도주 자금 전부를 리더 혼자 가지고 있을 리는 없었다. 만일의 사태에 대비해 호위 전원이 나눠 가지고 있을 터. 그렇다는 건…….

"실수다! 실수했다고오오~~!! 도주 중이라 돈이 없을 줄 알고 값을 싸게 불렀는데! 바보바보, 바보~~!!!"

이 세계에서 일반적으로 쓰이는 금화는 지구의 4분의 1온스 금화와 거의 같은 수준인, 요컨대 일본의 500엔짜리 동전보다 살짝 무거운 정도로, 오르하르콘화 역시 비슷한 무게와 크기였다. 그 오리하르콘화가 두둑하게 들어 있는 돈주머니를 세 명의 호위가 각자 지니고 있다는 것은…….

폴린, 통한의 판단 미스였다.

평소 같으면 속으로 자책할 뿐 절대 얼굴에 드러내는 법이 없는 폴린이 표정뿐 아니라 무심코 말로 내뱉어버릴 만큼의 엄청나게 큰 타격…….

호위 리더는 뜻밖의 호위 인력 확보 기회에 다른 멤버가 이의를 제기하기 전에 얼른 두말없이 돈을 바로 낸 것인데, 그 행동을 폴린은 '이제 의뢰비 변경은 불가능해!'라는 의사표시처럼 받아들이는 바람에 자신이 저지른 통한의 실수에 괴로워 몸부림쳤다…….

"그, 그건 그렇고…….'

머리를 쥐어뜯는 폴린 때문에 분위기가 어수선해지자, 메비스가 허둥지둥 화제를 돌렸다.

……아무래도 의뢰는 이미 수리 완료로 여기고 넘기려는 듯했다.

"너희, 내가 궁지에 빠진 걸 어떻게 알고 바로 온 거야? 그리고 허공에서 갑자기 나타났지?"

타이밍이 지나치게 절묘했던 등장과 그 방식.

혹시 자신이 필사적으로 새 기술을 연마하는 동안, 그것을 훨씬 능가하는 마법을 다들 획득했다거나? 이를테면 먼 장소로 순간 이동할 수 있는 마법이라든지······.

그렇게 생각하자 메비스는 눈앞이 컴컴해지는 것만 같았다.

"그, 그건 단순한 은폐마법이에요. 늘 쓰는 그 『불가시 필드』요. 단지 해제 방법을 조금 바꿔서, 각자 다르게 해제했을 뿐이에요. 그게 더······."

"" 멋있으니까!""

마일과 메비스의 목소리가 겹쳐졌다.

"'순간이동'이라던가 그런 마법을 쓴 게 아니에요. 안 그러면 제 모습이 나타나기 전에 제 목소리가 먼저 들리거나, 나타난 시점에서 어느 정도의 사정을 파악하고 있었을 리 없잖아요? 그리고 메비스 씨가 어디 있는지도 정확히 모르는데 딱 그 장소에 갑자기 나타날 수 있을 리도 없고······."

"드, 듣고 보니, 그것도 그러네. 마음이 놓인다······."

((((도대체 뭐에 마음이 놓인다는 거야? 그리고 『쓴 게 아니다』라고만 하고 『그건 불가능하다』라고 말하지 않는 건 왜지?))))

소녀는 눈을 반짝이고 있었지만, 호위들은 죽은 눈빛을 하고 있었다.

"어제, 저녁이 다 되었는데도 메비스 씨가 오지 않으니까 상단 호위 헌터들한테 수소문하러 길드랑 술집을 돌아다녔다고요. 『여기 오는 길에, 금발에 검사 복장을 한 여성 헌터를 보지 못했느냐』고······. 그랬더니 걸음걸이나 움직임이 병사 같은 세 남자와

한 소녀랑 같이 걷고 있더라, 소녀를 마차에 태워달라고 부탁해왔지만 성가신 일을 싫어하는 상인이 거절했다, 같은 이야기를……. 또 정규군으로 보이는 병사들이 있더라, 길가에 쓰러진 병사 몇 명을 봤다, 같은 너무도 수상한 냄새가 솔솔 나는 이야기가……. 그래서 바로 숙소를 퇴실하고『소닉 무브』로 밤새 걸어……."

"미, 미안……."

마일의 말도 거짓은 아니었지만, 마일이 모두에게 바로 되돌아가자고 강력하게 주장한 데에는 다른 이유가 또 있었다.

나노머신으로부터 '마이크로스 1개, 사용된 것 같습니다'라는 보고가 들어왔던 것이다.

나노머신의 네트워크는 특정 세력의 이익을 위해 쓸 수 없도록 되어있다. 나노머신으로서는 규칙을 깨지 않는 선에서 최대한 베푼 온정이었으리라.

"그리고 애당초『어떻게 바로 왔느냐고』라고 물어보면 안 되죠, 메비스 씨!"

"뭐?"

마일의 말에 고개를 갸우뚱거리는 메비스.

"아니, 동료가 위기에 처해 있는데 바로 오지 않는다니, 어떻게 그런 생각을 할 수 있나요? 설령 그곳이 전쟁터 한복판이라도, 지옥 구덩이라도, 부르면 곧바로 간다고요! 그것이 바로 우리, 영혼으로 뭉쳐진 네 동료……."

""""『붉은 맹세』!!"""""

숙소 안이어서 이번에는 연기도 폭발음도 없었다.

그리고 소녀의 눈은 여전히 반짝거렸다…….

＊　＊

다음 날 아침, 조식을 먹은 후 곧바로 마차 대여소로 향했다.

모두가 천천히 조식을 먹는 사이 호위 중 하나가 먼저 가서 마차를 빌려놓았다. 그 호위는 나중에 마차 안에서 보존식으로 대충 끼니를 때울 것 같기에, 마일은 아이템 박스에 들어 있는 샌드위치를 꺼내 줄 생각이었다.

"두 마리짜리네. 아주 좋은 마차잖아."

레나의 말대로 경쾌한 느낌의 그 마차는 일반 마차보다 속도가 더 잘 나올 것 같았다.

말도 털에 윤기가 흐르고 잘 관리된 모습이었다. 아마 금액에 구애받지 않고 가장 좋은 마차와 말을 골랐으리라.

"끄으응…….."

돈 때문에 고민하는 모습이 조금도 보이지 않자 폴린이 또다시 이를 악물고 괴로워했지만, 과연 의뢰비를 자기 입으로 제시해놓고, 상대가 돈이 좀 있다는 사실을 알았다고 해서 올리는 파렴치한은 아니었는지 말로 표현하지는 않았다.

아마 그것은 상인으로서의 자부심에 반하는 행위겠지. ……물론 상인이 아니라 일반인이라도 창피해서 도저히 할 수 없는 행동이겠지만.

그리하여 아가씨 일행과 '붉은 맹세', 총 8명과 마부 한 사람으로 구성된 인원이 말 두 마리가 끄는 마차에 올라 출발했다.

추격자들은 이제 쫓아오지 않겠지만, 설령 쫓아온다고 해도 무장 상태로 물과 식량을 짊어지고 도보로 이동하는 만큼 이 마차를 따라잡기란 불가능했다. 또 마차를 빌린다고 하더라도 무장한 장정들을 가득 태운 마차로는 역시 이 마차를 따라잡을 수 없다.

게다가 아무리 치유 마술사들을 고용한다고 해도 그렇게 많은 부상자를 곧바로 모두 낫게 할 수 있다고 생각하기는 힘들고, 골절 등은 마일과 폴린 정도의 수준이 아니면 바로 전투에 투입 가능할 만큼 치유해줄 수 있을 리 없었다.

또 다른 부대가 오기에는 연락하기까지의 시간, 준비하는 데 걸리는 시간, 이동에 걸리는 시간 등의 문제 때문에 국경을 넘을 때까지 절대 따라잡을 수 없다. 요컨대…….

"무사히 달아날 수 있겠네요, 어떻게든……."

그런 것이었다.

국군 병사 무리가 국경을 넘어 다른 나라에 침입하게 되면 그 즉시 국가 간의 전투 개시다. 아무리 그래도 그건 안 되겠지.

"국경을 넘으면 이웃 나라 병사들이 호위해줄 겁니다. 거기까지만 가면 일단 안전권이 아닐까 하는……."

다른 나라의 비호를 받는 것. 거기에는 큰 장점이 있었지만, 그만큼 큰 단점도 있었다.

장점으로는 암살자의 침입을 막아 신변이 안전해진다는 것. 그리고 반격에 나설 때 병사를 내어줄 가능성이 있다는 것이었다.

단점은 국가적으로 큰 빚을 진다는 것이었다.

만약 정권 탈환에 성공한다고 해도 이 거대한 빚은 장기적으로 외교상에 큰 제약이 되리라. 물론 금전적으로도 그렇지만, 잘못하면 왕가에 아들을 보내 사위로 삼게 한다거나 불평등 조약 체결을 요구하는 등 여러 가지로 불리한 사태가 예상되었다.

"망명 정권인가요……."

마일이 그렇게 중얼거렸지만 다들 큰 반응을 보이지 않았다.

호위들도 일단은 숨기려고는 했지만 다 들켰다는 걸 이미 알고 있었고, 마일 일행 역시 상대가 다 들킨 걸 눈치챘다는 사실을 이미 알고 있었다.

"그러고 보니 그, 마레인 왕국 침략……."

"아아, 아마, 그거겠지……."

마일의 말에 그렇게 대답하며 고개를 끄덕이는 메비스.

"뭘, 둘이서만 납득하는 거얏!"

무슨 이야기인지 이해하지 못한 레나가 툴툴거려서 메비스가 설명에 나섰다.

"아니, 그게, 갑작스럽고 부자연스러운 침략이잖아. 그게 아마도 이번 일과 관련 있는 것 같아서. 찬탈 같은 짓을 저지르면 반대 세력도 생길 테고 욕도 먹을 테고, 여러 가지로 힘드니까. 그럴 때 제일 손쉽고 간편한 게 바로……."

"전쟁이라는 건가요……."

폴린도 이제 이해한 듯했다.

"그래. 외부에 적을 만들면 국내에서 싸울 여유가 사라지지. 그리고 전쟁은 일부 사람들에게 환영받아. 군 상위층, 대상인, 그리고 유력 귀족 등한테 말이야. 일반 병사와 영세 상인, 기타 평민들에게는 끔찍한 이야기지만."

"하지만『같은 편으로 삼고 싶은 층』은 전부, 전쟁을 환영하는 측이죠."

마일이 메비스의 설명을 도왔다.

"그렇지. 그리고 자신을 적대시하는 파벌 사람들을 제일 위험한 장소에 배치하면 돼. 전사하면 좋고, 실패로 끝났을 때 책임을 묻기도 좋고. 뭣하면 혼란한 분위기를 틈타 병사를 시켜서 죽여도 되고. 또 만약 공훈을 쌓는다면 그때는 잔뜩 칭찬해주면『새로운 왕은 적대 파벌 인간까지도 차별 없이 상을 내려준다』고 널리 소문날 수 있고 공훈을 세운 자도 기분이 나쁘지 않겠지. 게다가 새로운 영지와 영민과 약탈물을 손에 넣은 왕은 귀족과 군부, 그리고 민중의 지지를 얻을 수 있어. 아무튼 국내 문제로 골머리를 썩일 때는 다른 나라에 전쟁을 일으키는 것. 이것이 정석 중의 정석이야."

"아~, 그걸 마일이 깨버렸기 때문에 마음이 급해져서 위험인자를 없애려 했다는 거네요……."

"""""뭐?"""""

폴린의 말에 아가씨 일행이 눈을 동그랗게 떴다.

"저, 저저저, 저기, 그게 무슨 말씀……."

아가씨가 묻자, 아차 하는 표정을 짓는 폴린이었지만 이미 늦었다.

폴린이 곤혹스러워하자, 마일이 옆에서 도우러 나섰다.

"그, 그게, 마레인 왕국을 침략하지 말라고, 조금 아는 사람한테 설득을 부탁해서……."

"""""그 아는 사람이 누구길래애애애!!"""""

호위들이 입을 모아 꼬집었다.

결국 '어떤 친구들'한테 '강하게, ……강하게 설득하게 했다'고 주장하면서 겨우 위기를 모면한 마일.

호위들의 눈빛은 완전히 죽어 있었다.

"그러면 연금 상태였던 제게 갑자기 암살 위험이 닥쳐와, 탈출 계획이 앞당겨지는 바람에 제대로 준비도 못 하고, 그나마도 금방 들켜서 추격자에게 쫓겨 이래저래 고생했던 것이 전부……."

흠칫.

주르륵.

왠지 안색이 나쁜 '붉은 맹세' 멤버들.

"""""너희 때문이냐아아아~~!"""""

*   *

"……아니, 별로 문제는 없지만요, 물론……."

잠시 후 겨우 안정을 되찾은 호위 리더가 그렇게 말해주었다.

"어차피 시간문제였습니다. 바로 공…… 아니, 아가씨를 죽이는 건 부담스러웠는지 연금 상태가 계속되고 있었지만, 만약 완전히 왕족과 귀족, 그리고 군부를 장악하면 아가씨의 이용 가치도 사라지고, 후환을 남기지 않기 위해서라도 아마 아가씨에게 폭거를 휘둘렀을 게 분명하지요. 그리고 반대로 각부 장악이 생각처럼 되지 않고, 아가씨를 목표로 삼은 반란 세력이 행동을 일으킬 위험을 느꼈을 때도 마찬가지로……. 그리고 이번이 딱 그랬습니다만……."

결국 상상 이상의 위기에 빠진 게 '붉은 맹세' 때문이라는 내용은 달라지지 않았다.

그리고 내용에서 굳이 '아가씨'라고 고쳐 말한 의미는 거의 없었다.

"그래서 어차피 탈출한다면 무사히 외국으로 가는 데 성공했을지 알 수 없는 결행 예정일보다도 『붉은 맹세』 여러분의 도움을 받은 지금이 더 낫다는 이야깁니다. ……결과적으로는요. 어디까지나 『결과적으로』, 말입니다만……."

((((화났다! 배려해주는 것처럼 말하지만 사실은 화났다고!!))))

그리고 '이웃 나라와의 전쟁을 미리 방지해준 것에 비하면 한낱 제 목숨이야……' 하는 아가씨의 말에 비로소 언짢았던 감정을 푸는 호위들이었다…….

*　　*

그 후 일행은 아무 일 없이 무사히 국경에 다다랐다.

국경을 지키는 병사가 있는 게 아니라 그저 길가에 비석 하나가 인식표로 세워져 있는 것이 전부인 국경선을 넘은 순간, 초원에서 야영 중이던 병사들이 다가왔다.

"기다리고 있었습니다, 공⋯⋯."

호위 리더가 당황하며 손을 휘젓고 나머지 두 사람도 입을 막는 동작을 취하자, 병사들의 지휘관으로 보이는 자가 말을 하다가 말았다.

⋯⋯새삼스러운 일이긴 하지만, 대기 중이던 병사들은 도중에 고용된 듯한 헌터들이 자세한 설명을 들었는지 어떤지 모르는 상태이므로, 말실수를 해버릴 뻔한 상황이 된 것은 명백한 자신의 실수라며 마음이 조금 불안해졌다.

헌터를 고용할 때 업무 내용과 조건을 허위로 알리는 것은 법도에 어긋나지만, '우리의 신분을 묻지 말아 달라'고 요청하는 것은 전혀 문제 되지 않았다. ⋯⋯추격자의 숫자나 기량 등 중요한 정보만 정확히 밝힌다면⋯⋯.

모든 사실을 가르쳐주지 않으면 의뢰를 받을 수 없다고 나오는 것은 헌터 측의 자유이며, 그렇게 나오면 이 조건을 받아주는 다른 헌터를 찾는 것 역시 의뢰자 측의 자유였다.

호위 리더가 처음부터 경계하지 않았다는 점, 그리고 상대 지휘관이 망설임 없이 말을 걸어왔다는 점을 보아 아마도 면식이 있는 사이이리라. 그렇게 여긴 '붉은 맹세' 멤버 역시 긴장하지 않았다.

그리고 여차하면 아가씨의 대각선 앞쪽에 있는 마일이 초고속으로 상대의 검을 튕겨 날릴 수 있고, 그 이전에 '격자력 배리어'를 전개할 수 있으므로 아무런 문제도 없었다.

애당초 그렇게 아가씨를 필사적으로 보호하는 호위들이 믿지 못할 상대에게 자신들, 아니 아가씨를 맡길 리 없었다.

"소대장님!"

상대 지휘관의 뒤에서 다른 자들과는 복장이 다른, 용병 같은 옷차림을 한 사람이 달려왔다.

"클리웬, 위험천만한 단독 임무를 무사히 완수해서 호위들을 데리고 와주었구나!"

호위 리더가 그를 칭찬했다. 보아하니 연락원으로 미리 파견한 병사 같았다.

"그런데 다른 병사들은요? 교란하기 위해 분산해서 개별 행동이라도 나갔습니까?"

"".............""

입을 꾹 다문 채 고개를 푹 숙이는 세 사람. 그리고…….

"그들은, 여기에 있다. 그리고 앞으로도 쭉, 우리와 함께 간다!"

그렇게 말하고는 자신의 왼쪽 가슴에 손을 얹는 호위 리더.

마중 나온 병사들은 그 말에 일제히 검을 뽑아 자기 앞에 수직으로 세웠다.

그것은 전장에서 생을 다한 용감한 병사들을 칭송하고, 발할라 (전사들의 낙원)로 떠난 그들을 배웅하는 의식이었다…….

"그럼 저희는 이만……."

이제 '붉은 맹세'의 역할은 끝났다. 다른 나라에 병사를 보내 그곳 군대와 싸우게 하는 국왕은 없을 것이다. ……자신들이 완전한 악역이 되는 전면 전쟁의 방아쇠를 당길 각오가 된 경우를 제외하면.

게다가 그 반대편 이웃 나라에 전쟁을 걸기 직전까지 가서, 자칫 잘못하면 뒤로도 공격이 들어올 가능성이 있는 이런 상황에…….

이제 아가씨는 무사하리라. 이 나라가 정치적인 거래에 쓰일 장기짝으로 아가씨를 이용할 마음을 먹고 이웃 나라에 내밀지 않는 이상은…….

"여러모로 도와줘서 감사합니다. 이 은혜는 언젠가 반드시……. 아가씨는 이 나라로 시집온 숙모님이신 왕비……앗, 왕빈, 왕피, 왕파……."

어떻게든 말실수를 덮으려고 다른 단어를 찾으려 했으나 적당한 단어가 떠오르지 않는 모양이었다.

'훗, 언어유희의 길은 그리 쉽지 않다고욧!'

왠지 거만한 표정인 마일.

"와, 왕비님을 모시는 여관(女官)님이 계신 곳으로 가셔서 지내시게 될 것입니다……."

결국 왕비라는 단어를 바꾸는 것은 포기하고, 그런 방향으로 얼버무린 호위 리더.

아무래도 이웃 나라에 팔려 갈 걱정은 없을 것 같았다.

"그럼 건강하시길!"

"저, 저기……."

모두를 대표해 이별의 말을 전하고 자리를 뜨려는 메비스를 아가씨가 붙잡았다.

"왜 그러시죠?"

뒤돌아서서 미소 짓는 메비스.

"저, 저기, 저기……."

말하고 싶지만, 입 밖으로 꺼낼 수 없는 말.

자기 호위들만 있으면 모를까, 이곳에는 다른 나라의 병사들도 있었다.

"……에, 엘트레이아예요, 제 이름……."

아마도 진짜 하고 싶었던 말은 그게 아니었으리라. 하지만 이것 역시 전하고 싶었던 말임은 틀림없었다.

아가씨는 메비스의 귓가에 얼굴을 가까이 가져가더니, 다른 사람이 듣지 못하도록 작은 목소리로 속삭였다.

"다음에 만나면, 그때는 엘이라고 부르세요……."

지금 이 자리에서 그 이름을 불러서는 안 된다는 것 정도는 메비스도 이해할 수 있었다. 그래서 조용히 고개만 끄덕였다.

"그럼 GOD BLESS YOU(신의 축복이 있기를)……."

그렇게 말한 메비스는 검지로 아가씨의 콧등을 쿡 찔렀다.

얼굴이 새빨개진 아가씨를 남겨두고 '붉은 맹세'는 그 자리를 떠났다.

그리고 나아갔다. 새로운 나라의 왕도로. 새로운 모험의 장을 찾아서…….

"……그래서 메비스 님, 혼인 안 하신 거 맞죠?! 그렇다면 꼭 우리나라에서……."

그렇다, 아가씨 일행의 목적지가 왕도 이외에 달리 있을 리 없었다.

그리고 목적지가 같다는 사실을 안 아가씨가 서둘러 준비된 마차에 올라타, 금세 '붉은 맹세'를 따라잡았다는 것은 굳이 말할 필요도 없다.

물론 '함께 타고 가시지 않겠어요? 아니, 그것 이외의 선택지는 없습니다만…….' 하는 아가씨의 말, 같이 타고 가지 않으면 자신들의 목이 날아간다고 호소하는 듯한 호위들의 매달리는 눈빛을 차마 무시할 수 없는 메비스였다.

게다가 설령 거절한다고 해도 마차의 속도를 메비스 일행에 맞추어 딱 달라붙어 갈 게 틀림없었다. 그럴 바에야 차라리 타는 편이 나았다.

그렇게 생각했는데…….

"메비스 님, 왠지 가슴이 좀 아픈 것 같아요. 한 번만 더, 그 가문의 비전을 써주실 수는……."

'살려줘…….'

하지만 눈빛으로 간절하게 도움을 청하는 메비스를 보고도 못 본 척하는 레나, 따뜻하게 미소 지으며 지켜보기만 하는 폴린, 그리고 왜 그러는지 눈빛을 반짝이며 "성조(星組)예요, 츠레짱이라고요!" 하고 영문 모를 말을 흘리는 마일이 개입하는 일은 일어나지 않았다. ('성조'는 비혼 여성으로 구성된 일본의 가극단 '다카라즈카'의 6개 조 중 하나, 츠레짱은 성조 대표 여배우 오오토리 란의 애칭)

*　　*

"너무해! 너무하다고, 다들!"

휴식시간이 되어 아가씨가 잠시 볼일을 보러 간 사이, 메비스가 동료들에게 불평했다.

"난 모르겠는데?"

"모르겠는데요?"

"헤헤헤, 고맙습니다!"

그리고 전혀 상관하지 않는 레나, 폴린과 무슨 생각을 하는 건지 도통 알 수 없는 마일.

"그 애가 따르는 사람은 너니까 우리가 어떻게 손을 쓸 방법이 없잖아? 아니, 우리보고 뭘 어떻게 해달라는 말인데?"

"으……."

완전히 말려든 메비스가 조금 불쌍하게 여겨졌는지 폴린이 위로의 말을 건넸다.

"괜찮아요, 조금만 더 참으면 돼요. 아무리 들켰다는 걸 서로가 다 알고 있어도, 표면상으로는 신분을 밝힐 수 없으니 왕도에 도착하면 거기서 끝이에요. 설마 저희를 왕궁으로 데려가진 않을 테고, 바로 암살자가 나타날 수 있는데 공주가 시내를 활보하게 둘 리 없죠. 아무리 그래도 본인 역시 이런 상황에서 왕궁을 빠져나갈 만큼 바보는 아닐 테고요. 그 아이의 목숨에는 많은 사람의 희망과 희생이 담겨 있어요. 그 아이도 그 정도쯤은 이해하고 있을 거예요. 자기 스스로라도 함부로 할 수 없는 목숨이라는 것쯤은……."

다소 무거운 표정을 지은 폴린, 메비스, 그리고 레나였지만, 마일은 고개를 갸우뚱거렸다.

'정말 그럴까……. 뭔가, 그 아이는 나랑 통하는 부분이 있는 것 같은데…….'

만약 마일의 그 마음속 목소리를 들었다면 메비스를 포함한 세 명의 표정이 굳어졌겠지.

마일은 즐거움을 위해서라면 무모한 짓도 거리낌 없이 저지른다.

그리고 이야깃거리와 말장난을 위해서라면 노력을 아끼지 않는다.

그렇다. 마일은 그런 녀석이었다…….

아가씨가 돌아오고 마차가 다시 움직이기 시작했다.

"그런데 마일. 마술 지도 도장은 어땠어?"

아가씨의 공격에서 벗어나려고 메비스가 마일 일행에게 말을 붙였다.

괜히 물어본 게 아니라 정말 궁금했다. 자신이 모처럼 특훈을 받아 새로운 기술은 익혔는데, 그사이에 다른 멤버들도 더 발전해서야 아무 의미도 없다.

아니, 의미가 없다는 말은 어폐가 있다.

개개인의 능력이 올라가면 결국 파티로서의 능력이 더하기, 아니 곱하기로 상승한다. 따라서 환영해야 마땅한 일이었다.

……단지, 그렇게 되면 메비스가 곤란할 뿐…….

메비스는 자신과 다른 멤버의 실력 차이를 좁히고 싶었다. 그런데 다들 더 앞서가서야 어떻게 하라는 말인가…….

불안한 듯 그렇게 묻는 메비스에게, 물론 그 사실을 꿈에도 모르는 마일은 자신들이 얼마나 성장했는지 메비스가 기대하고 있는 줄로만 알았다. 그래서 주눅 든 표정으로 대답했다.

"그, 그게…….."

"기대에 못 미치는 것도 정도가 있지!"

"하마터면 돈 날릴 뻔했다니까요!"

마일은 실망, 레나는 뿡뿡, 폴린은 열 받은 느낌인 매도의 폭풍우.

……아무래도 기대와 달랐던 모양이다.

"전(前) 궁정 마술사라고 해서 잔뜩 기대했는데……. 저는 학원이랑 양성 학교에서 선생님께 기초만 조금 배운 독학파여서 한

번쯤은 일류 마술사의 가르침을 받아, 정식으로 공부하고 훈련받고 싶었는데…….”

애클랜드 학원에서도, 헌터 양성 학교에서도, 마일은 마법에 관해서는 못하는 척 실력을 감추고 있었기 때문에 진정한 지도를 받았다고 말할 수 없었다.

“그런데 못 한 거야?”

“네……. 견학하고 마술 시연을 보고 지도를 조금 받았는데…….”

“우리보다 느린 무영창 마법, 우리보다 위력이 약한 공격마법, 그리고 우리의 방벽을 뚫기는커녕 상처 하나, 미동 하나도 주지 못하는 방벽 관통 공격…….”

옆에서 레나가 끼어들었다. 이어서 폴린도…….

“결국 『어디 첩자지?! 당장 꺼져랏!』 하고 매도당하고 모래만 맞았다고요! 보통은 소금을 뿌리지 않아요?! 그 소금값조차 아까워 모래를 뿌리다니, 부끄러운 줄 알아야지, 부끄러운 줄을!”

폴린은 엉뚱한 부분에서 화를 내고 있었다.

아마 관습적으로 쓰는 소모품을 공짜로 구할 수 있는 것으로 대체하면 그만큼 매출이 올라가니까, 그런 점을 용납할 수 없는 것이리라. 자기는 잘도 대체품을 써놓고서……. ‘이 정도는 모양만 비슷하게 만들면 된다고요!’ 하면서…….

‘……다행이야, 멤버들이 새 마법을 익힌 건 아닌가 봐……, 아니, 내가 지금 무슨 치사한 생각을!’

무심코 머릿속을 스치고 지나간, 기사 지망자로서 너무도 비겁하고 치사한 생각에 머리를 붙잡고 몸을 웅크리는 메비스.

하지만 그때 어떤 생각이 떠올랐다.

'엥? 잠깐만. 그럼 이 세 사람의 실력이 전 궁정 마술사보다 더 뛰어나서 그 사람한테 아무것도 배울 게 없었다는…… 말이…… 되는데…….'

그 말인즉슨, 자신 역시 은사인 라디마르를 뛰어넘었다는 것과 마찬가지인 이야기였다.

……말도 안 된다.

메비스, 아연. 샐러드유 세트.

마일이 즐겨 쓰는, 메비스 일행은 전혀 이해할 수 없는 문구가 떠오를 정도로 아연실색한 메비스.

그런 메비스에게 아가씨가 걱정스러운 표정으로 말을 걸었다.

"저기, 메비스 님, 그 도시에서 도장을 열었다는 전 궁정 마술사라는 사람, 혹시 지랄리크 마술사를 말씀하시는 건가요?"

"아, 네, 그런데요?"

도저히 대답할 수 있는 상태가 아닌 메비스를 대신해 마일이 대답했다. 어차피 메비스는 마술 도장에 대해 아는 게 하나도 없었으므로 대답할 수도 없었다.

"""""헉…………."""""

아가씨와 공기 같은 존재감의 호위 3인조 +1(미리 가 있었던 동료)이 놀라서 소리쳤다.

"지랄리크 마술사보다 강하다고? 농담…… 하는 것 같지는 않은데……."

이젠, 그냥 집에 돌아가고 싶다.

그렇게 생각하면서, 머리를 움켜쥔 메비스와 같은 자세를 취하는 네 명의 호위들이었다.

그리고 야영에 들어갔다.

아가씨가 있으니 도시의 최고급 숙소에서, 하고 말을 꺼내는 자는 아무도 없었다.

아직 이 망명은 극비 사항이었고 국가의 정식 발표 그리고 아가씨의 선언이 있을 때까지는 정보를 흘려서는 안 되었다. 게다가 여인숙은 만일의 사태가 벌어졌을 때 병사들을 효율적으로 움직이기 힘들고, 암살에 대응하기도 취약했다.

그리고 애당초 아가씨는 도피 생활 중에 이미 훨씬 열악한 환경에서 야영을 몇 번이나 경험했기에 이제 와서 새삼 가릴 것은 없었다.

또 고귀한 신분인 여성은 미천한 자에게 민낯이나 알몸을 보이는 것을 전혀 개의치 않는다. 개나 원숭이에게 알몸을 보인다고 해서 신경 쓰는 여성이 없는 것처럼…….

"그럴 리 없잖아요! 신경 쓰인다고요! 엄청, 신경 쓰인다고요 오옷!"

마일이 그렇게 말하자 아가씨가 발끈했다.

그만큼 고맙게 여기던 마일에게 화낼 정도니, 기분이 많이 상한 게 틀림없었다.

"……진짜, 사람을 뭐로 보고…….."

머리끝까지 화 난 아가씨를 달래려고 허둥지둥 아이템 박스에서 텐트를 꺼내는 마일.

"""""""저게 뭐야…….""""""""

늘 그렇듯, 경악해서 눈을 크게 뜨고 목소리를 흘리는 병사들.

"""""…………."""""

그리고 모든 것을 포기한 표정인 네 호위 중 세 사람.

여인숙을 떠나 국경을 넘어설 때까지 이미 여러 차례 야영을 했다. 그동안 마일 일행이 아가씨를 위해 예비 침대와 음식 제공하지 않았을 리가 없었다. ……물론 폴린의 지시에 따라 터무니없이 높은 가격이긴 했지만…….

그래서 동행한 세 호위들은 이제 생각하는 것 자체를 그만두었다.

"으……, 으윽, 으으윽……."

이런 중요한 임무를 맡은 부대 지휘관과 병사들이 바보일 리 없다. 당연히 다들 헌터의 금기 정도는 잘 알고 있었다.

그래서 '물어보고 싶어!', '말하고 싶어!', '관여하고 싶어!'라는 마음속 외침을 억누르고 필사적으로 참았다…….

둥! 둥! 둥!

"오크 고기 스테이크, 은화 1닢. 바위도마뱀 스테이크, 은화 3닢. 고기채소 수프는 소은화 8닢입니다!"

"""""뭐야, 그게에에에에에에!"""""

마일이 꺼낸 아궁이와 산더미같이 쌓인 식자재를 보고 참지 못해 소리친 병사들.

그리고 폴린은 뭘 그렇게까지 수전노의 길을 달리고 있는 것인가……

예전에 제국 군사들을 상대로 돈을 쓸어 담았던 때와 비교하면 호위병사는 얼마 되지도 않았다. 그러니 이 정도는 그냥 줘도 괜찮을 듯한데……

아가씨한테 의뢰비를 많이 뜯어내지 못한 게 그렇게 분했던 것인가…….

"그게 아니야아앗!"

마일이 대놓고 그렇게 말하자 폴린이 발끈했다.

"정당한 이유도 없이 무료로 서비스하는 건 장사의 신에 대한 모독이야! 그리고 일부에게만 서비스하면 다른 사람들이 『왜 우리한테는 서비스 안 해주는데!』 하고 불만이 나와. 그러니까 서비스는 그게 이익으로 연결되는 경우와 감사하는 마음이 담긴 보답을 할 때만 해야 한다고!"

"아, 그렇구나…….''

순순히 받아들이는 마일.

……그런데 병사들의 태도가 좀 이상했다.

"왜 아무도 안 사는 건데요오오오오오!"

그렇다, 꺼낼 때부터 만반의 준비가 된 상태인 아궁이에 레나가 불마법으로 불을 붙이고 고기는 미리 썰어 향신료를 뿌려두었다. 그리고 제일 처음에 올린 고기는 이미 다 구워진 상태였다.

데우기만 하면 되는 상태였던 수프는 레나가 초소형 파이어 볼을 살짝 담그자 곧바로 보글보글 끓었다. ……폴린의 분자 진동 마법(전자레인지)은 비밀이어서 쓰지 않았다.

그런데 병사들이 아무도 사려고 하지 않았다.

사고 싶지 않아서는 아닌 듯했다. 안절부절못한 얼굴로 아궁이 위의 고기와 수프가 든 냄비를 보고 있었고, 임무 이동 중인 소규모 부대가 제대로 된 휴대식을 가지고 있을 리도 없었다.

그런데 도대체 왜…….

"아~, 미안해, 아가씨들. 우리는 지금 임무 행동 레벨 3으로 움직이고 있어. 그래서 독이 든 음식을 먹는다거나 식중독에 걸린다거나 배탈 나지 않도록 임무가 완료되기 전까지는 자기 휴대식 말고는 금지야. 그러니 아무리 먹고 싶어도 그 요리를 먹을 수 없어."

"엑……."

어안이 벙벙해 가만히 서 있다가 그대로 무너지는 폴린이었다…….

* * *

"……젠장! 젠장, 젠장, 젠자아앙!!"

온몸으로 언짢은 기운을 내뿜으며 텐트 안 간이침대에 앉아 애꽂은 베개를 마구 때리는 폴린.

최근 며칠간 계획이 자꾸 엇나가, 몹시 짜증이 난 듯 보였다.

장사에는 기복이 있어서 잘될 때가 있는가 하면 죽을 쑬 때도 있다. 죽을 쑬 때는 기분을 전환해 더 밝게 행동해야 할 터지만, 폴린은 아직 수행이 부족한 듯했다.

"아, 그러고 보니 메비스 씨, 수행 성과가 대단하던데요! 새로운 기술을 획득한 건가요? 멋져요!"

폴린의 상태를 못 본 척하려고 마일이 화제를 돌렸다.

……아니, 오히려 지금까지 화제에 오르지 않았다는 게 놀랍지만.

사실 마일 이외에는 다들 제삼자라는 점 때문에 먼저 이야기를 꺼내지 않는 게 좋다고 생각했다. 그리고 전투 당일에는 숙소에 도착해 다 함께 이런저런 이야기를 나누다가 아가씨 일행과 헤어지고 난 후, 많이 지친 메비스가 그대로 쓰러지듯 침대로 파고들었다. 또 그날 이후에는 밤에도 아가씨가 예비 침대를 쓰느라 텐트에 함께 있었기 때문에 도저히 그 화제를 꺼낼 수 없었다. ……단순히 까먹었을 뿐인 마일을 제외하고.

하지만 마찬가지로 아가씨가 함께 있는 지금, 마일이 그 이야기를 꺼낸 것에는 레나도 메비스도 별로 놀라지 않았다.

'폴린의 저 무서운 분위기를 조금이나마 죽일 수 있다면…….'

'아가씨라면, 뭐, 들어도 상관없나…….'

게다가 이번에는 메비스가 전 왕궁 근위 기사의 지도를 받아 익힌 기술이니까, 반드시 숨겨야 하는 것도 아니었다. 어디까지나

상식적인 범위에 있는 기술일 터였다.

　그리하여 메비스가 훈련의 경위와 새로운 기술을 말하기 시작했는데…….

"""""뭐어어어어어?!"""""

　레나, 마일 그리고 아가씨와 폴린마저 경악해서 소리쳤다.

　"너, 너너너, 너어, 그렇게 단기간에 성과를 냈다고?! 그런 기술, 보통은 마술사도 못 쓰는데!"

　"비용 대비 효과가 너무 좋은데……. 소금화 15닢을 썼는데 본전은 확실히 뽑은 것 같아요……."

　"굉장해요, 메비스 님! 그 노련한 전 근위 기사 라디마르의 훈련을 따라가기만 한 게 아니라 그런 필살기까지 익히다니……. 이건, 영웅이라고 부를 만한 사건이에요!"

　아무래도 메비스의 스승, 굉장히 유명한 사람인 모양이었다. 상대를 직접 쓰러트리는 기술이 아니어서 '필살기'라고 부를 수 있을지는 잘 모르겠지만…….

　한편 마일은 당황했다.

　'허어어억?! 메, 메비스 씨, 스스로 그런 응용기를?! 그거, 내보낸 나노머신이 조사 결과를 가지고 돌아오는 게 전부인 내 탐색 마법과는 전혀 다른, 완전히 새로운 사용법이잖아요! 게다가 지시를 내린 나노머신을 다른 사람의 체내로 직접 보내다니, 그건 그냥 치유마법인데요! 윈드 엣지 이외에는 몸 밖으로 방출하는 마법을 쓸 수 없는 메비스 씨가 독자적으로 그런 방법을 생각해

내고, 실전에서 바로 성공시켜버리다니…….'

만약 메비스가 평범하게 마법을 쓸 수 있는 체질이었다면.

어쩌면 그 참신하고 유연한 발상력, 한결같고 진지한 마음, 그리고 부단한 노력으로 레나와 폴린을 뛰어넘는 마술사, 아니 마법 검사가 되었을지도 모를 일이다.

'아니, 아니야! 메비스 씨는 지금도 매우 멋지고 훌륭한 마법 검사야! 그런데 어쩌면 점점 기(마법) 사용법을 연구해서 정말 웬만한 일반 마술사를 능가하는 마법을 구사하게 될지도…….'

메비스의 성과가 기쁘기도 하고 한편으로는 무섭기도 한, 여러 모로 복잡한 마일이었다…….

그 후에는 늘 그렇듯 마일의 '일본 전래 허풍동화'가 찾아왔다.

"『지, 지금, 거, 거기에……』, 숨이 끊어질 듯 말하는 손님에게, 포장마차 소녀가 뒤돌아보며 이렇게 말했습니다.『……그건, 이런 가슴인가요?』

『으아아악! 어, 없어! 아무것도 없어! 전혀 없어! 「밋밋한 가슴」이다아아아!』

그리고 남자는 그 무시무시한 가슴의 소녀로부터 필사적으로 달아나……, 아, 시끄러워요오옷!"

이야기하다 말고, 침대로 파고드는 마일.

그리고 시무룩한 얼굴에 죽은 눈빛의 레나와 아가씨였다…….

다음 날 아침, 조식을 먹으며 언짢은 표정의 마일이 대뜸 말을 꺼냈다.

"가슴 따위, 허식일 뿐이에욧! 밝히는 사람들은 그걸 모른다니까요!"

"하지만 허식일 뿐이면 없는 것보다 있는 편이 낫지 않아?"

하지만 메비스의 악의 없는, 조금도 악의 없는 소박한 질문에 바로 눌려 버렸다.

"으윽! ……시, 시끄러워요오옷!"

간밤의 '허풍동화'도, 방금 한 이야기도, 자기가 먼저 꺼낸 화제인 만큼 자업자득이고 자폭이었다.

자학 소재를 쓰는 것은 좋지만, 그렇게 했는데 웃기지 못하면 진정한 작가라고 할 수 없다. 도리어 화내다니, 개그 작가의 불명예다!

그렇게 생각은 하면서도 쉽게 받아들일 수 없었다.

그리하여 살짝 눈물을 훔치는 마일 그리고 유탄을 맞고 테이블 위에 쓰러진 레나와 아가씨였다…….

*　*

며칠 후.

"그럼 저희는 여기서……."

이웃 나라 왕도에 무사히 도착한 일행.

'붉은 맹세'는 성곽도시인 왕도 입구 가도, 즉 왕도를 에워싼 성벽 안으로 난 문 조금 앞에서 아가씨 일행에게 이별을 고했다.

이대로 아가씨 일행을 포함해 이 나라 병사들과 함께 왕도에 들어가면 '붉은 맹세'를 일행의 관계자로 보아 헌터 활동에 여러 가지 제약이 발생할 수 있었다.

설령 같이 가더라도 아가씨를 노리는 암살자라든지, 기타 여러 사람이 접촉하거나 인질로 삼으려 하는 등, 어쨌든 성가신 일이 일어나는 미래밖에 보이지 않았다.

폴린이 '그게 더 돈이 될 것 같은데요……' 같은 말은 했지만, 아무리 그래도 국가 간의 다툼에 자진해서 끼어들고 싶은 생각은 없었다. 어쨌든 '붉은 맹세'는 일개 신입 C등급 헌터에 지나지 않으니까…….

마일이 그렇게 말했을 때 호위 세 사람은 '일개……', 'C등급 헌터……' 하고, 죽은 눈으로 중얼거렸다.

여하튼 아가씨 일행과 문 앞에서 헤어진 '붉은 맹세'는 일반 방문자들이 서 있는 줄로 이동했다. 그리고 아가씨 일행은 그대로 귀족과 병사, 공용 심부름꾼들이 쓰는 마차용 문을 통과했다.

마차 창으로 몸을 빼 메비스를 향해 뭐라고 외치려 하는 아가씨를 호위들이 붙잡아 입을 틀어막고 있었다. 그 모습을 보고 안도한 메비스.

"겨우 끝났다……."

절절한 감정을 담아 중얼거린 그 말이 메비스의 심정을 잘 드러내고 있었다.

"뭐, 망명하자마자 바로 움직일 것 같지는 않으니까 당분간은 이것저것 준비하면서 지내기로 해요. 도시를 거닐 일은 절대 없을 테니 이제는 우리가 만날 일도, 얽힐 일도 없겠죠."

폴린의 말에 기쁜 듯이 고개를 마구 끄덕이는 메비스였다…….

＊　　＊

"젠장, 뭐가『근위 제1소대』냐! 고작 어린 계집 둘에게 검만 가지고 처참히 당했다는 게 말이 되냔 말이다!『어떤 경위든 간에 근위의 역할은 국왕 폐하의 명령에 따르는 것입니다』하고 말해놓고서, 엘트레이아랑 손을 잡고 적당한 거짓말을 날조하다니! 심지어 그럴싸한 거짓말이면 모를까, 애들도 속지 않을, 뻔히 보이는 거짓말을……! 이래서야『근위는 현 국왕을 왕으로 인정하지 않는다』라고 나라, 아니 이 대륙 모든 나라에 크게 외치는 것이나 마찬가지 아닌가!"

그렇게 말하며 화내는 국왕을 재상이 싸늘한 눈으로 바라보았다.

"아직 속으로는 나를 왕으로 인정하지 않는 자가 있다는 것 정도는 나도 잘 안다! 그러니 엘트레이아를 잡아야 한다고 했거늘! 미적지근하게 병사했다고 조작한답시고 연금 상태로 두었던 것이 잘못이었다. 젠장, 고문해서 정신 줄을 놓게 했어야…….."

아무리 이 자리에 자신과 재상밖에 없다고 하지만, 엄청난 말을 입에 담는 국왕.

"젠장, 엘트레이아고 그 여신이고……. 뭐라고 했더라, 그 여신의 이름. 중대장이 말했던 이름이…….”

“여신 엘, 이옵니다.”

“아, 그렇지, 그런 이름이었지…….”

재상이 살짝 풀어질 것 같은 볼 근육을 조이며 여신의 이름을
알려주었는데, 국왕은 특별히 이렇다 할 반응을 보이지 않았다.

재상도 겉으로는 무표정했지만, 속으로는 히죽히죽 웃음이 멈
추지 않았다.

이 왕은 조카인 엘트레이아를 늘 그대로 ‘엘트레이아’라고 불렀
고, 주위 사람들도 왕과 대화를 나눌 때 같은 호칭을 썼다. 하지
만 다들 자기들만 있을 때는 그녀의 이름을 줄여 이렇게 불렀다.

‘엘 님.’

그리고 왕도에서는 병사와 용병들의 입에서 샌 소문이 급속도
로 퍼져나갔다.

‘여신 엘 님이 혼자서 마물 무리를 처단했다는 모양이야.’

‘여신 엘 님이 1개 대대 병사들을 한 명도 죽이지 않고 쓰러트
리고, 이웃 나라를 침략하려는 짓을 꾸짖었다는 모양이야.’

‘여신 엘 님이, 이 나라를 구해주신 모양이야.’

……상당한 군더더기가 붙어 소문의 덩치가 점점 커졌다.

하지만 그것은 어떤 사람들에게는 잘된 일이었다.

마치 여신의 가호가 있었다는 듯이.

아니, 실제로 여신의 가호가 있었던 것은 틀림없다면서.

그렇다, 설마 그것이 말장난을 좋아하는 한 소녀에 의한 우연
의 산물이었음은 생각지도 못하고 말이다…….

막간 앞으로 한 달……

애클랜드 학원 여학생 기숙사, 마르셀라의 방.

의자와 침대에 각각 마르셀라 이하 '원더 쓰리' 멤버와 이 방에 자주 모습을 드러내는 제3 왕녀 모레나가 앉아 있었다.

"그럼 폐하와 왕자님들께는 아직 정보가 새지 않은 거죠?"

올리아나의 말에 왕녀가 고개를 끄덕였다.

"네, 자기 딸을 오빠나 남동생과 맺어주려는 분들이 협조해주셔서 잘 이용하고 있어요. 표면상으로는 어린 여성만으로 된 근위 1개 분대를 9명으로 편성하고, 그걸 제 전속 호위로 삼는 방향으로 이야기를 진행 중입니다. 남자들은 절대 동행할 수 없는 장소(이동 중에 목욕한다거나 화장실에 간다거나)를 갈 때의 호위로 꼭 필요하다고 강력하게 주장해서 억지로 밀어붙였죠. 왜 꼭 어린 여성이어야만 하느냐 지적에는, 입장이 입장인지라 친구가 적은 제가 말동무하기도 쉽고, 왕녀 일행은 화사한 편이 보기에도 좋고 다른 나라가 받는 인상도 좋아서 그렇다고 설명하니 제 말의 논리성을 부정할 수 있는 사람이 아무도 안 계셨어요. 그리고 저를 통해 시도하는 실험적인 이번 사례가 성공하면 제2분대, 제3분대가 편성되어 각각 언니들의 호위부대로 배치될 예정이에요……."

전투 능력이 남성 베테랑 근위보다 못하다는 점은 그리 큰 문제가 되지 않았다. 소리 지르거나 호각을 불거나, 아니면 그전에 이변을 알아차리는 등 어쨌든 근처에 있는 남성 근위가 달려오는 것은 몇 초면 충분하니까 말이다. 그동안 자신의 몸을 방패 삼아 왕녀를 지켜낸다면 그걸로 되었다.

따라서 '왕녀님을 보호하는 호위 능력'은 항상 왕녀에게 밀착할 수 있는 여성 근위 쪽으로 무게가 실리는 게 당연한 일이었다.

그리고 마르셀라 일행은 상급 귀족 소녀들의 호위 실적이 충분했고, 왕녀의 친구였으며, 그녀들을 잘 아는 귀족도 많았다.

또 마르셀라를 자기 아들과 짝지어주고 싶어 하는 귀족도 있었는데, 그런 자들은 마르셀라와 만날 기회가 늘어날 것이라는 생각에 마르셀라 일행의 채용을 찬성할 게 틀림없었다.

"계획대로군요. 그럼 저희 세 사람을 거기에 넣고 여성 근위 분대 설립 당일 즉시 모레나 님의 특명을 받아 행방불명된 아스컴 가 당주 아델 폰 아스컴 여성 자작 수색 여행에 나서는 것으로……."

끄덕

히죽

응응

마르셀라의 말에 나머지 세 사람이 동의의 뜻을 밝혔다.

"저는 이대로라면 졸업하자마자 어느 집안과 혼약을 맺고 2년간의 신부 수업 후 15세가 되자마자 시집가게 될 거예요. 그런 거 절대 싫다고요! 특히 누구 씨의 첩 따위는!"

마르셀라는 그렇게 말하며 고개를 마구 휘저었다.

"저는 당분간 저희 상단의 물통 겸 호위 마술사로 쓰이다가, 연줄을 만들고 싶은 상가나 다른 어딘가로 팔려…… 아니, 시집가게 되겠죠……."

마찬가지로 머리를 흔드는 모니카.

"그리고 저는 도저히 장학금을 돌려줄 만큼 돈을 벌 수는 없을 것 같으니 국가기관에서 일하거나 학원 사무원이 되거나, 여하튼 장학금 변제가 면제될 공적 직장에서 일하지 않으면 가족 모두가 빚더미에 오르게 될 테니……."

이 나라에는 개인파산 같은 제도가 없었다.

"""그러니 실패는 절대 용납 못 합니다!"""

"네, 네엣!!"

마르셀라 삼인방의 무서운 기세에 무심코 힘차게 대답하는 모레나 왕녀였다. 그리고…….

"저도, 같이 가고 싶다고요!"

속상해하는 왕녀였지만 아무래도 그건 무리였다.

"여하튼 제 호위를 위한 여성 근위 분대의 설립이라는 이야기를 진행하고 거기에 여러분을 끼워 넣는 것만은 아버지와 관계자들이 알지 못하도록 세심한 주의를 기울이고 있어요. 여성 근위 분대원은 9명, 제가 외출할 때는 그걸 3개 조로 나눠 세 명씩 삼 교대, 라고 생각하겠지만……."

"사실은 두 명씩 삼 교대제로, 나머지 세 사람은 특명에 전념하는……."

"그런 거죠. 후후……."

"""""후후후후…….""""""

모레나는 할 수만 있다면 오빠와 동생의 결혼 상대가 마르셀라와 아델이 되면 좋겠다고 생각했지만, 이런저런 이야기를 나누면서 마르셀라가 그걸 바라지 않는다는 것과 15살이 되자마자 하는 결혼 역시 원하지 않는다는 사실을 알게 되었다. 그래서 잠시 냉각 기간, 그것도 다른 귀족들이 들이대지 못하는 방향으로 가져야겠다고 생각하다가 마르셀라 일행이 꺼낸 이 제안을 받아들이게 된 것이다.

'한동안 모두와 만날 수 없겠지만 수시로 편지를……, 아니, 『보고서』를 보내라고 지시해두면……. 그러다가 몇 년 후에는 아델 님, 마르셀라랑 올케와 시누이 사이로 발전하고, 올리아나랑 모니카랑은 친구로 즐거운 나날을……. 크크. 크크크크큭…….'

한편 마르셀라는…….

'아델 씨랑 즐거운 모험을……. 뭐, 5년 지나도 아직 열여덟 살. 결혼 적령기의 반환점에도 도달하지 않은 나이죠. 결혼 상대를 찾기 시작하기에 좀 아슬아슬한 느낌이 아닐까 싶은 스물두 살까지는 9년이나 남았고. 모레나 전하의 특명을 맡았다고 하면, 또 그 사명을 훌륭히 해내서 아델 씨를 데리고 돌아오는 데 성공하면 남편 될 분과 그쪽 집안에서의 제 평가도 올라갈 테니 괜찮아요. 괜찮고말고요! 그리고 그때쯤이면 두 왕자님께서도 저를 잊으셨을 테지요. 바로 아델 씨를 찾아 합류한다고 하더라도 계속 『수색 중』이라고 보고할 수밖에 없는 건 죄송하지만, 결과적으로

는 무사히 데리고 돌아갈 테니까 좀 봐주세요, 모레나 전하…….'

자신들은 보고서를 대충 꾸며서 보낼 수 있다. 하지만 모레나는 편지를 보낼 수단이 없다. 특히 마르셀라 일행이 '발송인 정보 비공개'로 의뢰한다면 보낸 장소조차 비밀이 되니 그저 맡긴 편지만 상대에게 전달될 뿐이다.

모레나가 '몇 달이면 충분하겠지' 하고 생각한 수색대가 몇 년이나 돌아오지 않는다고 해도 모레나가 손쓸 방법은 없다. 그저 정기적으로 '아직 찾지 못함. 수색대 신변 이상 없음'이라는 보고가 들어올 뿐…….

그리고 모니카는…….

'왕족과 깊은 연결고리가 생길 기회를 그 욕심 많은 아버지가 놓칠 리 없어. 곧장 받아들일 게 뻔하지. 애당초 왕녀님을 보호하는 임무인데 거절하면 이 나라 국민이 아닌 것으로 간주할 테고, 그건 장사꾼한테 치명적이잖아. 그리고 평가가 올라간 나를 최대한 좋은 조건인 곳에 시집보내겠다고 생각하시겠지. 죄송하지만 난 내 손으로 직접 근사한 분을 찾아내서 행복한 결혼을…….'

그런 행복한 미래를 꿈꾸고 있었다.

"""""으흐. 으흐흐흐흐…….""""""

'내가 정신 똑바로 차려야 해! 머릿속이 온통 꽃밭인 이 사람들을 잘 조종하고, 보호하고, 이끌어야…….'

모두를 따라 웃으면서도 냉철한 사고로 어린 소녀 셋이 안전하게 여행하기 위해서는 어떤 신분이라고 말하는 게 적절할지, 여비는 어떤 식으로 보충할지, 소란에 휘말렸을 때는 그 나라 관헌이나 왕족에게 어디까지 말하고 도움을 청해야 하는지 등, 올리아나의 두뇌는 빠르게 회전하고 있었다…….

"드디어 한 달 남았네요."

모레나가 돌아간 후, 마르셀라가 모니카와 올리아나에게 말했다.

"아델 씨가 사라진 지도 1년 하고 7개월……. 아니, 물론 중간에 두 번 정도 만나긴 했지만, 고작 몇 시간에 불과했으니까요……."

그렇다, 아델이 무사하다는 사실을 확인한 것은 기뻤지만, 그건 어디까지나 일시적이었다. 그때까지 함께 지낸 1년 2개월에 비하면 찰나에 지나지 않았다.

"아델 씨가 사라진 뒤 그 행동을 예측해서, 분명 도움이 될 날이 올 거라며 시작한 헌터 일도 마침내 며칠 전 C등급으로 올라갔고……."

"급한 호위 의뢰를 받는 교환 조건으로 『C등급 승급』을 요구했으니까요. 후작가의 의뢰를 거절하기 불가능했는지 길드 마스터의 얼굴이 새하얗게 질렸었죠."

"하지만 『여성 호위 이외의 일은 익숙해질 때까지 절대 받지 말라』고 신신당부했었잖아요, 울 것 같은 표정으로…….."

마르셀라의 말에 모니카와 올리아나가 웃으며 그렇게 말했다.

사실은 길드 마스터와 다른 길드 직원 그리고 마르셀라 일행을 아는 일부 헌터들은 마르셀라를 비롯한 '원더 쓰리'가 소녀 호위에 특화된 신입 헌터이며 다른 일은 약초 채취나 뿔토끼 사냥 정도밖에 못 할 거라고 여겼었다.

하지만 미래를 위해 헌터 자격을 취득하려고 생각한 세 사람이 그런, 여차하는 순간에 아무런 도움도 되지 않는 이름뿐인 자격에 만족할 리 없었다.

밤이면 셋이서 마물 상대나 대인 전투에 관해 연구했다.

아델에게 배운 '마법의 진수'를 더 발전시킨 새로운 마법 운용법에 관한 검토회를 열었다.

그리고 일이 없는 휴일이면 근처 숲으로 가서, 생각했던 마법을 실험하고 연습했다.

검과 창을 쓰는 전투는 과감히 포기하고 마법을 쓰는 원거리 선제공격, 자신들의 외모가 상대에게 주는 방심을 이용해 마법과 나이프로 공격하는 특수 전술 등.

그렇다, 그녀들은 지원군이 올 때까지 몇 초를 벌기 위한 작업뿐 아니라 대인 전투도 남들만큼 다 할 수 있었다. 그리고 마물을 상대하는 싸움도……

물론 실전 경험은 없지만 그건 여행을 떠난 후 다른 파티와의 합동 수주 등으로 쌓을 계획이었다.

"『능력이 뛰어난 슬라임은 자신을 평범한 슬라임인 것처럼 보이게 한다』, 아델 씨 어록에 있는 말이죠…… ."

마르셀라의 말에 고개를 끄덕이는 모니카와 올리아나였다.

제77장 트리스트 왕국

"당분간 이 도시에 머물자."

레나의 말에 모두 고개를 끄덕였다.

아가씨 일도 마무리되고, 여느 때와 같이 숙소를 잡기 전에 헌터 길드 지부에 얼굴부터 내미는 '붉은 맹세' 일행.

구미가 당기는 의뢰가 있으면 바로 덥석 물기 위해서, 숙소는 늘 의뢰 보드를 확인한 후에 정하곤 했다.

……뭐, 이런 시간에 그런 의뢰가 남아 있을 리는 없지만 '붉은 맹세'는 '붉은 의뢰도 재미있을 것 같으면 달려드는' 희귀 파티였고, 그런 부류의 의뢰라면 남아 있을 가능성이 없지 않았다.

딸랑

어느 도시의 길드 지부처럼, 싸움에 휘말려 도어벨이 부서지는 일은 없었는지 늘 들어 익숙한 헌터 길드의 통일 규격 소리였다. 그리고…….

힐끔

길드 안 모든 사람의 시선이 쏠렸다가 그중 3분의 1은 다시 원래대로 돌아가고, 3분의 1은 시선을 돌리는 척하면서 계속해서 관찰했으며, 나머지 3분의 1은 대놓고 쏘아보았다. ……그렇다, 늘 있는 패턴이었다.

((((마음이 놓인다…….))))

너무 뻔한 반응이어서 이제는 마치 단골 여관으로 돌아온 듯 안심감이 들었다. 오히려 이것 말고 다른 반응이면 무슨 일이 있나 싶어 불안해지기까지 했다.

"티루스 왕국 왕도 지부 소속,『붉은 맹세』. 현재 수행 여행 중입니다."

안으로 들어가자마자 메비스가 전체를 둘러보며 그렇게 인사하자 오우, 라거나 아아, 같은 대답이 여기저기서 들려왔고, 한 손을 가볍게 들어 인사하는 사람도 몇 명쯤 있었다. 카운터에 있는 접수원 아가씨들은 고개를 살짝 끄덕였다.

이들 중에 시비 거는 자는 없었다.

수행 여행 중이라면 보통 C등급 이상이다. 그래서 '켁, 아가씨들이 헌터 일을 어떻게 한단 말이야!' 하며 시비 거는 사람이 나올 수가 없었다. 그리고 수행 여행 중인 사람이 여행지에서 얕보이는 것은 그냥 끝날 일이 아니었다.

다른 나라에서 자신들의 명예가 실추되는 것. 이는 자기 파티뿐 아니라 자신들이 소속된 길드 지부의 명예까지 훼손되는 일이었다.

그래서 수행 여행 중인 파티를 무시하고 깔보면 오기가 생긴 상대방의 무서운 반격을 초래하게 되며, 그러다가 크게 다치더라도 모두에게 '멍청한 놈'이라고 욕만 들을 뿐이었다. 길드 직원도 싸늘한 눈으로 쏘아볼 뿐 아무도 도와주려고 하지 않으리라.

지금까지 '붉은 맹세'가 길드에 와서 받은 간섭은 대체로 마법 실력과 마일의 수납에 관해서였다. 그런 것이 없으면 메비스 이외에는 '여자 친구로 삼기에는 너무 어린' 멤버들이었고, 폴린 이외에는 '여자 친구로 삼기에는 너무 작은' 멤버들이었다.

……뭐가?

그렇다, 그녀들이 먼저 추파를 던지면 거절하지는 하겠지만, 자기가 먼저 치근덕댈 정도의 상대는 아니다. 이곳 사람들에게 아직 본성을 드러내지 않은 '붉은 맹세'는 그런 평가를 받았다.

그래서 모두 '붉은 맹세'를 단순한 동업자로밖에 보지 않았다. 이것 역시 여느 때와 다름없었다.

이러다가 나중에 '붉은 맹세'가 유명해지면 점점 일이 성가셔지는 것이 늘 있는 패턴이었다.

"재밌는 건 없네……."

이 또한 평소와 같았다. 그리 재미있는 의뢰가 있을 리도, 그리고 그런 의뢰가 아직 남아 있을 리도 없다.

"이번은 서두르지 말자. 오늘은 느긋하게 숙소를 구한 다음에 맛있는 거나 먹고 일찍 쉬자고."

""""오케이!""""

그리하여 '붉은 맹세'의 네 사람은 길드 지부를 뒤로했다.

"여기 어때?"

몇 개의 여인숙을 돌아본 후 C등급 헌터가 머무는 숙소치고는 약간 고급스러운 여인숙 앞에 멈춰 선 레나.

신입 C등급 파티치고 엄청나게 예산이 넉넉한(단, 폴린이 관리하고 있어서 허투루 쓸 수는 없다) 어린 소녀들로만 이루어진 '붉은 맹세'는 괜한 다툼이나 불쾌한 기억을 만들지 않으려고 너무 시끄러운 사람들이 이용하는 여인숙은 피했다. 천하의 폴린도 그 부분은 필요 경비로 인정하고 불만을 토로하지 않았다.

"만약에 여기도 꽝이면 하룻밤만 묵고 바꾸면 되니까요. 여기로 정할까요?"

예산을 쥔 폴린에게서 OK 사인이 떨어지자 줄지어 여인숙으로 들어가는 네 사람.

"4인실, 있을까?"

"어서 오세요! 네, 있습니다!"

레나에게 대답한 사람은 접수 카운터에 앉아 있는 16~17살쯤 되어 보이는 소녀였다. 키는 메비스보다 작고 폴린보다는 약간 컸다. 가슴 역시 메비스와 폴린의 중간이었다.

"……쳇, 꽝인가요…….."

마일이 너무도 터무니없는 말을 중얼거리자, 당황해서 그 입을 틀어막는 메비스.

전생(前世)에 미사토였을 때의 그 사려 깊었던 마음은 다 어디로 가 버린 것인지, 최근 들어 지나치게 자유분방해진 마일.

마일이 말하는 '꽝'이란 카운터를 보는 사람이 어린아이도 소년 도 아니고, 엘프 귀도 짐승 귀도 아니라는 의미였지, 결코 그 소 녀에게 어떤 문제가 있어서가 아니었다.

그래서 이런 말이 소녀의 귀에 들어가면 큰일이었는데, 다행히 듣지 못했는지 표정에 별다른 변화는 찾아볼 수 없었다.

……아니, 어쩌면 듣고도 그냥 한 귀로 흘린 것뿐인지도 모르 겠다.

카운터에 있다 보면 이 정도 일은 일상다반사로 일어나겠지.

다만, 보통은 술 취한 아저씨가 할 테니 자기보다 훨씬 어린 소 녀에게 그런 말을 듣는 것은 쉽게 할 수 없는 경험이겠지만…….

폴린이 식사 시간 등을 확인하며 선불요금을 치르는 동안 레나 가 늘 그렇게 하듯 스태프(지팡이)로 마일의 머리를 쿡쿡 때렸다.

"넌 평소에는 욕심 없고 매사에 관용적이면서, 여인숙 여자애 한테는 왜 그렇게 집착하는 거야……."

"아얏, 아파요, 레나 씨!"

어쩔 수 없다. 그게 마일이라는 생물이고, 전생에 미사토였을 때부터 가져온 마음속의 진짜 소망이었으니까

그리고 그 마음을 말로 표현하는 마일.

"이제는 남한테 피해 주지 않는 범위에서, 제 욕망을 충실히 채

우기로 했다고요!"

"피해를 주고 있잖아!"

하지만 레나가 그 욕망을 단칼에 잘라버렸다.

"자, 방으로 가요. 2층입니다, 자, 걸어요, 걸어!"

아무래도 좀 부끄러웠는지 계산을 끝낸 폴린이 재촉해서 계단 쪽으로 내몰리는 마일과 레나.

카운터를 보는 소녀는 어깨를 으쓱하며 쓴웃음을 지었다. 역시 다 듣고 있었던 모양이다.

"뭐, 그리 나쁘지 않네. 욕탕이 없는 건 아쉽지만, 방이랑 침대는 괜찮은 것 같아. 밥이 맛없으면 나가서 사 먹으면 되고. 수상한 손님이랑 얽히지만 않으면 여기 계속 머물기로 하자."

다들 그 말에 동의하며 고개를 끄덕였다.

모두가 헌터로 소속 등록된 티루스 왕국 왕도처럼 정착하거나 장기간 머무는 곳이 아니다. 고작 며칠이므로 세세한 부분은 아무래도 좋았다. 도저히 못 참겠으면 여인숙을 바꾸면 그만이다.

"내일은 아침 2의 종(오전 9시경)이 울리기 전에 길드에 가서 새 의뢰가 나오기를 기다리자. 그래서 좋은 의뢰가 없으면 상시 의뢰인 채취와 토벌 같은 걸 하면서 이 지역을 살펴두는 거야. 그 김에 메비스가 익혔다는 새 기술을 시험 삼아 살짝 써보면 좋겠네."

레나가 생글거리며 말하자 메비스가 싫은 표정을 지었지만, 동료의 기량을 파악해두는 것은 파티 동료로서 당연한 일이다. 그리고 원래 모두에게 자랑하고 싶은 마음이 있었던 메비스도 정말 싫어서 그런 게 아니었다. 쑥스러워서 그런 것이다.

"그럼 그렇게 결정! 오늘은 일찍 쉬자!"

과연, 아무리 마차를 타고 왔다지만 여행은 고되다. 도시에 도착한 첫날은 푹 자두는 법이다.

텐트의 간이침대에서 자는 '붉은 맹세'가 '여행은 고되다' 같은 말을 한다면, 텐트도 없이 망토로 몸을 감싸고 풀 위에 누워 새우잠을 청하는 다른 헌터들에게 뭇매를 맞을지도 모르므로, 비밀 엄수 의무가 발생하는 상대가 아니면 절대 들키지 않도록 조심했는데…….

여하튼 숙소의 식사는 충분히 만족스러웠기에 느긋하게 휴식을 취하는 마일 일행이었다…….

제78장 고룡, 다시 한번

다음 날, 괜찮은 의뢰가 없어서 상시 의뢰를 하기로 정하고 숲 속을 걷던 '붉은 맹세'가 갑자기 멈춰 섰다. 그리고…….

"……슬슬 괜찮지 않을까?"

"으응, 괜찮은 것 같은데?"

"적당하네요."

"자, 갈까요! 첩자, 발견 선동하기 중 2번으로! 하나~둘!"

"""""이제 슬슬 나타나시지, 벌써 옛날에 다 눈치챈 것도 모르는 이 멍청한 첩자들아!"""""

한 글자도 틀리지 않고 목소리가 하나로 겹쳐진 것은 물론 다 함께 머리를 맞대고 생각한 몇 가지 정형구에 제목과 번호를 붙여 수없이 연습했기 때문이다. '붉은 맹세'의 대사가 화음을 이루는 것은 그 때문이고, 이따금 우연의 일치도 있었지만, 대부분은 피나는 연습의 성과였다.

마일이 결정적인 순간 써먹을 대사 연습을 하자고 제안했을 때 '멋있으니까'라는 이유로 메비스가 제일 먼저 받아들였고, 레나와 폴린도 찬성했기에 다들 꽤 많은 대사를 암기하고 있었다. 그리고 어떤 대사를 써야 하는지 분명할 때는 굳이 번호를 확인하지 않아도 바로 튀어나오는 것이었다…….

잠시 후 뒤쪽 나무 그늘에서 두 그림자가 나타났다. 한쪽은 인간으로 커다란 모자를 쓰고 있었고, 다른 한쪽은 머리 부분이 누가 봐도 동물의 두상이었다.

"""""개 수인⋯⋯.""""

"늑대거드으으은!"

이것 역시 정형구였다.

늑대 수인은 개와 혼동하는 것을 몹시 싫어한다. 그걸 알고 있었기에 늑대 수인과 싸울 때는 처음에 일부러 개라고 불러서 상대의 평정심을 잃게 만드는 작전을 썼다.

물론 발안자는 폴린이었다.

"손!"

"돌아!"

"일어서!"

"이, 이것들이이이이~~!!"

얼굴 혈관이 끊어질 것만 같은 늑대 수인의 팔을 붙잡아 필사적으로 말리는, 함께 온 인간 남자.

효과가 너무 심하게 나타났다. 이래서는 제대로 대화도 나눌 수 없다.

어쩔 수 없어서 늑대 수인 쪽은 무시하고 인간을 향해 레나가 말을 걸었다.

"거기, 인간. 당신들은⋯⋯."

"인간 아니거든! 나도 수인이라고오!"

남자가 격노하며 모자를 벗어 땅에 내던졌다.

그러자 머리 위로 뾰족 나온 고양이 귀.

아무래도 수인이 인간으로 오해받는 것은 늑대 수인이 개 수인과 혼동 당하는 것보다도 훨씬 굴욕적인 모양이었다.

"""내 알 바 아닌데~~."""

그리고 마일 일행은 '기막힌 거절 중 3번'을 일제히 읊었다.

"……그래서 고룡의 부탁으로 우리를 찾아다녔다고?"

"그래."

겨우 화가 가라앉은 듯한 수인 콤비는 마일 일행에게 들켜도 상관없는 것 같았고, 싸울 생각도 전혀 없어 보였다. 그래서 이야기를 술술 늘어놓았다.

……다만, '왜 고룡이 그런 일을 부탁했는지'는 그들도 모르고 있었다. 마일 일행에게 들켜도 상관없는 게 당연했다.

어차피 의뢰자 이외의 정보는 하나도 가진 게 없으니까. 그리고 들키고 나면 당연히 의뢰자가 만나러 올 것이기에 굳이 의뢰자를 감출 필요도 없었다.

"살짝 변장하면 인간처럼 보이는 이 녀석이 도시에서 정보를 모으고, 그걸 바탕으로 내가 냄새를 맡아 찾기로 분담했지. 네 냄새는 좀 이상하니까 의외로 쉽게 찾았어."

그렇게 말하며 마일을 가리키는 늑대 수인.

이 둘은 예전에 유적 발굴 현장에서 만난 수인인 듯했다. 그래서 마일 일행의 얼굴과 냄새를 기억한 것이다. 그러니까 수색과 추적 임무의 적임자로 뽑혔겠지.

"헉……."

마일, 아연. 아연 샐러드유 세트!

너 냄새 나, 이상한 냄새 나, 하는 말을 듣고 동요하지 않을 소녀는 없을 것이다.

"아, 아니, 아니야! 그런 뜻이 아니야! 평범한 인간과는 좀 다른 냄새가 난다는 거지, 구린내가 난다는 말이 아니야! 좋은 향기가 난다고!"

과연 소녀에게 '이상한 냄새'라고 말한 것은 엄청난 실언이라고 생각했는지 큰 충격을 받은 마일에게 필사적으로 변명하는 늑대 수인. 하지만 그 필사적인 느낌이 오히려 마일을 더 울적하게 만들었다.

"넌 보통 인간이랑 동떨어졌으니까 냄새가 다른 것도 별로 신기한 일이 아니잖아. 너무 신경 쓰지 마!"

"……레나, 그 말, 별로 위로가 안 될 것 같은데……."

메비스가 어이없다는 듯 중얼거렸다.

"……그럼 다시 처음으로 돌아가서……."

마일이 겨우 부활하자, 이번에는 폴린이 이야기의 주도권을 잡았다.

"그래서 저희를 찾은 다음에는 어떻게 할 생각이었나요?"

그러자 조금 멋쩍은 표정을 짓는 두 수인.

"아~, 그게, 미안한데, 지금 당장 하늘을 향해 파이어 볼을 두 발 쏴주지 않을래……?"

"엥?"

"아니, 그렇게 신호를 주면 근처에 숨어 있는 고룡님이 오실 건데, 우리는 마법을 못 써서……."

자기들이 쓸 수 없는 마법을 신호로 정한 모양이었다.

"""""…………바본가?"""""

"아니야! 원래 상대의 승낙을 구한 후에 부르라고 했으니까 그렇게 해도 괜찮단 말이야! 일일이 불을 피워서 봉화 준비를 하는 건 귀찮잖아!"

……하긴.

"……그럼, 쏩니다?"

"부탁해."

레나와 폴린, 메비스도 고개를 끄덕여서 마일이 하늘에 대고 파이어 볼 두 발을 쏘아 올렸다.

그리고 잠시 후, 고룡 한 마리가 날아왔다. 나무에 닿을 듯 아슬아슬한 저공비행이었는데, 너무 멀리서는 보이지 않도록 배려한 것 같았다.

마일 일행 앞에 쿵, 하고 내려온 그 고룡이 입을 열었다.

『오랜만이다, 신기한 인간……』

"""""…………누구?"""""

『나잖아! 베레데테스!』

아예 기억에도 없는 듯한 반응에 기분이 상한 고룡 베레데테스. 하지만…….

"아니, 그걸 어떻게 알아! 인간이라면 모를까, 같은 종류의 물고기랑 새의 얼굴을 분간 못하듯이 고룡도 알아보는 게 불가능하다고! 그러는 너는 우리 얼굴을 다 구분할 수 있어? 그냥 냄새라든지 마력의 세기, 머리카락의 색깔과 길이가 아니라?"

『윽……』

레나의 지적에 베레데테스가 시선을 피했다.

아무래도 정곡을 찔린 듯하다.

"그래서, 무슨 용건이지?"

레나의 거침없는 질문에 베레데테스도 빙 돌리지 않고 바로 대답했다.

『……일이 살짝 곤란해졌어. 너희, 죽어줘야겠다.』

"""""허어어어어어어억?!"""""

당연히 '붉은 맹세'는 경악했다.

"전혀 『살짝』이 아니잖아!"

"지금 그게 중요하냐고요……."

다소 핀트가 어긋난 레나의 반응에 어깨를 떨구는 폴린이었다…….

"그게 다 무슨 소리야!"

성난 이를 드러내며 베레데테스에게 항의하는 레나.

『……실은 마을 지도자가 바뀌었거든……』

베레데테스의 말에 따르면 고룡 마을의 지도자는 불과 며칠 전까지 족장이었다고 한다.

가장 연로한 고룡은 장로였지만, 장로는 일족의 지혜 주머니이자 충고자로 지도자랑은 또 다른 모양이었다.

그리고 지도자가 한참 젊은 고룡으로 교체되었다는 것이다.

"왜 그런 젊은 고룡이 갑자기 지도자가 된 건데! 고룡도 인간처럼 세습제인 거야?"

『그게 아니야. 나이가 많고 실력과 실적 그리고 룡망 있는 자가 선출돼. 보통은 족장이 그 임무를 맡지……』

"룡망?"

"……아마도 인간으로 치면『인망』을 뜻하는 말일 거예요."

곤혹스러워하는 레나에게 마일이 살짝 귀띔해주었다.

"아……, 아아. 그런데『보통은』이라니? 그럼 보통이 아닐 때가 있다는 거야?"

『이따금 고룡 중에「마법의 정령과 대화를 나눌 수 있는 자」, 즉「선택받은 자」가 등장하거든. 그럼 어느 정도 성장한 단계에서 그자가 지도자 자리에 앉게 되지. 나이나 기타 여러 가지 문제 때문에 족장과 장로는 그대로 바뀌지 않고 보통은 족장이 맡는「지도자」, 그러니까 부족의 의사결정권자라는 지위만 받아. 그러다가 나이가 어느 정도 되면 차기 족장이 되고 나중에는 거기에 장로의 지위까지 더해지지……」

아마 무녀나 신관 같은 위치가 되는 것이리라. 그래서 부족을 이끄는 실무 쪽은 족장이, 지혜 쪽은 장로가 맡지만, 부족의 운명이 달린 결정은 그자가 담당한다는 것…….

'그게……. 나노?'

【네, 레벨 3인 개체군요. 고룡은 인간을 포함한 다른 생물과 달리 처음부터 권한 레벨 2이므로 극히 드물게 선천적 혹은 후천적으로 레벨 3인 개체가 나올 때가 있습니다. 그리고 저희와 의사소통을 할 수 있다는 사실을 깨달았을 경우, 저희를 「마법의 정령」이라고 여기는 경우가 많습니다. 저희는 질문이 오면 그게 규칙 위반이 아닌 경우 대답해드립니다만, 물어보지도 않은 것을 저희가 먼저 설명하진 않으므로…….】

'그러니까 과학적인 지식이 없는 고룡은 적절한 질문을 할 수 없으니까 나노머신이라는 개념을 몰라서『숲의 정령』이라고만 인식한다는 건가…….'

하지만 다른 존재에 비해 마법 행사 부분은 압도적으로 우위에 서 있을 터였다. 어쨌든 말로 구체적인 지시가 가능하니까.

'하지만 나노, 나한테는 먼저 말해준 적이 많지 않았어?'

【마일 님은 「권한 레벨 5」이시니까…….】

'아, 그렇구나…….'

바로 납득한 마일이었지만, 분명 특별히 잘 봐준 것은 있었다.

뭐, 자신들의 조물주와 만나 얘기하고 그때 일을 들려주었으니까. 인간으로 비유하자면 수십 년이 동안 만나지 못한 시골에 계신 부모님의 근황을 전해준 것이나 다름없으므로 마일에게 조금 서비스해준 것이겠지.

『그리고 이번에도 한 젊은 고룡이 대화할 수 있다는 걸 알게 되었는데…… 무려, 지금까지「선택받은 자」와 달리 마법의 위력이 차원이 다른 데다가 정령과의 친화성도 무척 높았던 거야.』

'아~……'

마일은 대충 그 이유를 알 것 같은 기분이 들었다.

그리고 아마도 나노에게 물어봐야 가르쳐주지 않을 것이다. 예전에 다른 세력의 정보를 제공할 수는 없다고 말한 적 있으니까.

조금 전에는 어디까지나 일반론이어서 알려준 것뿐이리라.

그렇게 여기고 나노머신에게 묻기를 처음부터 단념한 마일.

만약 가르쳐 줄 생각이 있었으면 나노머신이 먼저 말을 꺼냈을 것이다. 그렇게 늘 자기한테 물어라, 자기를 의지하라고 시끄럽게 굴던 나노머신이었으니까…….

『그래서 노인들이 마구 추앙해서 젊은 나이에 부족 지도자의 자리에 앉았어. 정말 말도 안 돼…….』

"그래서 폭주한 거군요.『고룡의 힘은 세계 최고~!』또는『우리가 어리석은 하등생물들을 이끌어야 해!』하면서……."

『그, 그걸 어떻게 아는 거야!』

마일이 중간에 끼어들자, 깜짝 놀라 눈을 동그랗게 뜨며 소리치는 베레데테스.

"그야, 당연히 알죠.『질풍노도의 시기』같은 것 아닌가요?"

『그, 그래……. 보통은 그런 인간적인 사고방식은 유아기에 졸업하는 법인데, 왜 그런지 아직 그런 생각에서 벗어나지 못해서 말이야……. 하지만 부족 지도자의 말에는 반드시 따라야 하는 것이 우리의 법도. ……게다가 나는 아직 젊으니까 말이야. 어른들이 따르는데 내가 불평할 수도 없는 노릇 아니냐. 미안하게 됐다……』

베레데테스는 사리 분별을 할 줄 아는 듯했다.

……아니, 원래 고룡은 인간보다 지능이 뛰어나다고 하니까 당연하겠지. 자기 입으로 '젊다고' 말하는 베레데테스도 어디까지나 '고룡 중에서는'이지, 인간과 비교하면 고령 중의 고령이리라.

고룡들 입장에서 그 '새로운 지도자'인지 뭔지 하는 젊은 용이 성장할 때까지 걸리는 수십 년 혹은 수백 년 따위는 찰나와 같을 것이고, 그동안 인간과 다른 생물이 다소 피해를 보거나 죽는다고 하더라도 고룡들에게는 별다른 문제도 되지 않을 테니까.

……하지만.

""""""그런 이유로 죽이면서『미안하게 됐다』로 끝내도 될 것 같냐고오오오오오~~!""""""

『아, 역시?』

베레데테스도 쉽게 받아들이리라고 생각한 건 아닌 모양이었다.

……당연하다.

헌터는 목숨을 거는 직업이고, 매일같이 많은 헌터가 죽어간다.

그래서 물론 레나도 메비스도 폴린도 헌터가 되겠다고 결심한 시점부터 이미 죽음을 각오했다.

하지만 그건 절대 이런 부당하고 무의미한 죽음을 유유낙낙 받아들이겠다는 이야기가 아니었다.

……마일?

마일은 자신이 자연스레 늙어 죽는 것 이외의 죽음 따위는 생각해본 적조차 없었다…….

"애당초 지도자가 꼬맹이로 바뀌었다고 해서 왜 우리가 죽어야 하는데? 우리가 고룡들이랑 무슨 상관이 있다고!"

레나가 송곳니를 드러내며 말했다.

『그게 말이지……. 사실 지난번 일을 당연히 상부에 상세히 보고했고 기록도 남아 있어. 그런데 그가 지도자가 된 후에 그걸 읽어본 모양이야. 그러더니 「인간 나부랭이가 고룡에게 칼을 겨누다니 이게 무슨 일이냐! 심지어 인간한테 졌다고?! 용납할 수 없어! 고룡의 힘은 절대적인데, 그 철칙에 흠이 나서는 안 되느니라!」 하면서……』

"아~, 이제 됐어. 다 알겠으니까……."

『미안하다……』

정말로 면목 없는 표정인 베레데테스. 도마뱀 얼굴인데도 표정을 알 것 같았으니, 진짜 많이 미안한 것이리라…….

"……하지만 얌전히 죽어줄 수는 없지. 그래서 뭐, 너랑 싸우면 되는 건가?"

『아니야! 절대 아니야!』

필사적으로 부정하는 베레데테스.

……생각해보면 지난번에도 마일 한 명을 어쩌지 못했다. 지금

이라고 다시 싸우고 싶을 리 없었다.

『그건 극구 거부했어! 나를 한번 봐준 상대에게 다시 도전하는 건 도리에 어긋난다고 주장하면서, 인간에게 진 애송이, 쫄보 얼간이라고 모두가 손가락질하는 것도 필사적으로 견뎌내며 말이야……』

"……미안……."

상당히 굴욕적이었는지 몸을 부들부들 떨면서 눈물이 살짝 맺힌 베레데테스를 보자, 레나는 말이 너무 심했다는 생각에 순순히 사과했다.

"……그럼 앞으로 어떻게 되는 거예요?"

옆에서 마일이 묻자, 베레데테스는 다시 미안한 표정으로 말했다.

『싸움 잘하는 고룡 세 마리가 같이 올 거야. 난 어디까지나 안내만 했을 뿐, 이번 일과 직접적인 관계는 없어. ……그렇게 해달라고 했어. 안 그러면 안내에 협조하지 않겠다고 주장했거든. 중개자 없이 고룡이 갑자기 인간을 덮쳤고, 그 사실이 공공연히 퍼지면 어떻게 될 것 같냐고 강하게 주장했더니 내 말이 먹혀들었어. 그러니까 봐주지 말고 얼마든지 싸워도 돼. 나랑 전혀 상관없으니. 우리 쪽이 죽이려는 생각으로 오는 거니까, 당연히 그 세 마리 모두 죽여도 돼. 그건 자업자득이니 그렇게 한다고 해서 너희에게 불이익이 생기거나 인간 국가에 항의하는 일은 없을 거다. ……아니, 애당초「고룡 세 마리가 인간을 공격했다가 반격당했습니다. 그 녀석들을 응징해 주세요.」하면서 고룡이 인간들이 있는 곳을 찾아가 말할 수 있을 거 같아?』

""""음, 아니~! 그건, 아니지~!""""

네 명의 목소리가 하나로 겹쳐졌다. 늘 그렇듯이…….

『……이렇게, 지금까지는 앞뒤 봐주지 말고 실컷 싸우라고 말했지만……. 사실 나는 너희가 이기리라 생각하지 않아.』

"엥? 하지만 넌 마일의 실력을 알잖아……."

레나의 말에 베레데테스가 고개를 가로저었다.

『내가 너희에게 지기는 했지만, 그런 건 문제가 되지 않아. 그때의 우리는 연락원을 맡은 젊은 고룡, 애송이 견습생, 단지 유람하러 따라나선 소녀에 불과했지. 인간으로 비유하자면 16살짜리 신입 연락원, 13살짜리 견습생, 10살짜리 귀족 딸이라고 할까. 다들 싸움에 특화된 고룡이 아니었어. 그런데 이번에 오는 애들은 인간으로 치면 25~26살 정도 되는 숙련된 병사라고 할 수 있으니 그 차이를 알겠나…….』

""""헉………….""""

베레데테스의 설명에 낯빛을 바꾼 '붉은 맹세'.

『슬슬 시간이 다 됐어. 자, 너희는 지금 당장 여기서 최대한 멀리 달아나 그대로 마을로 돌아가라. 서두르지 않으면 싸움에 휘말려 죽을 거다.』

베레데테스가 수인들에게 그렇게 말하자, 둘은 고개를 꾸벅 숙인 후 전속력으로 뛰었다.

『온 것 같군.』

그리고 세 마리의 고룡이 숲속 나무 사이를 비행하며 모습을 드러냈다.

『왜 이렇게 꾸물거려! 빨리 안 부르고!』

『느리다고, 베레데테스!』

마일 일행 앞에 착지한 세 고룡.

『이 녀석들을 죽이면 되냐?』

그중 제일 건방져 보이는 녀석이 '붉은 맹세'를 흘겨보며 말했다.

역시 베레데테스를 말단 취급했다. 그리고 인간을 완전히 깔보는 태도였다.

'고룡은 인간보다 머리가 좋다고 들었는데, 시건방진 태도를 봐서는 꼭 그런 것 같지도 않네…….'

마일이 그런 생각을 했지만 그건 단순히 고룡들이 마일 일행을 '여러 가지 면에서 배려해야 할 대등한 상대'로 간주하지 않았을 뿐이었다.

예전에 베레데테스가 '하등생물 보호법' 같은 말을 했었지만, 아마도 해충으로 지정된 것은 적용되지 않겠지. 인간도 모기나 파리를 눌러 죽일 때 그들을 배려하지 않으니까.

『어떻게 할지는 나랑 상관없는 일이야. 난 그냥 안내랑 상대에 대한 사전 설명을 명받아 그걸 이행했을 뿐. 나머지는 내 알 바 아니야.』

베레데테스는 그렇게 말하며 몇 발 뒤로 물러났다.

『그럼 시작할까?』

"잠깐만요!"

마일이 공격 동작에 들어가려는 고룡들을 제지했다.

『뭐야? 인제 와서 목숨을 구걸해봤자 소용없다. 지도자님이 명령하셨으니. 솔직히 말해서 연약하고 작은 동물을 짓밟아 죽이는 건 별로 내키지 않지만, 어쩌겠어. 우리 고룡들을 건든 자기 자신 그리고 너희한테 쳐서 이 사태를 만든 베레데테스를 원망해라. 나는 절대 원망하지 말고.』

『그게 뭔 소리야!』

전투 담당인 고룡의 말에 베레데테스가 불평했지만 하긴 그때 베레데테스가 마일 일행을 적당히 상대하고 돌려보냈더라면 이런 일은 일어나지 않았을 것이다. 혹은 바보처럼 전부 솔직히 보고하지 말고 보고 내용을 살짝 수정했더라면…….

하지만 이제 와서 그런 말을 해봐야 소용없다.

"아니, 그게 아니라요. 장소를 좀 바꿨으면 해서……. 여러분이 애용하는 브레스 따위를 여기서 쏴버리면 대형 화재가 발생하잖아요? 여기, 왕도랑도 가깝고……. 만약에『왕도 근처 숲에서 고룡이 날뛰어 숲이 전소했다. 그리고 거기서 무참히 죽은 소녀들의 시신이!』같은 소문이 세상에 퍼지기라도 한다면…….'

『윽! 아, 알았어. 그 제안을 받아들이지!』

아무래도 말귀를 영 못 알아듣는 녀석들은 아닌 모양이었다.

베레데테스가 마일을 비롯한 '붉은 맹세'를 등에 태우고, 네 고

롱이 멀리서는 보이지 않도록 저공비행으로 숲을 벗어났다.

근처에 있는 사람들에게는 다 보이겠지만, 왕도 사람들이 목격하는 것보다야 낫다. 그리고 밑에서 보면 등에 탄 마일 일행은 보이지 않으므로 문제 될 것도 없었다.

······적어도 마일 일행은.

왕도 근처에서 넷이나 되는 고룡이 목격되면 상당한 소동이 일어나겠지만, 그건 어쩔 수 없다. 그리고 이미 숲에 올 때까지 꽤 많은 사람에게 목격되었을 테니, 인제 와서 신경 쓰는 것은 새삼스러웠다.

그대로 얼마간 날아 곧 인기척 없는 바위산에 닿았다. 역시 고룡의 비행 속도다.

고룡의 비행에는 마법 보조가 걸려 있었기 때문에, 베레데테스가 네 명을 등에 태운 것도 정면에서의 공기저항도 문제 되지 않았다.

또 바위산 역시 비교적 완만하고 표고도 높지 않아, 공기가 희박해 싸움에 지장을 줄 일도 없었다.

『여기면 되겠지?』

"네, 괜찮아요."

마일이 장소 변경을 희망한 것은 숲에 피해도 가고 왕도와 거리가 가깝기 때문이기도 했지만, 물론 그 주목적은 '자유롭게 싸우기 위해서'였다.

싸움이 시작되면 고룡들은 아마 숲에 피해가 가든 왕도에서 보이든 전혀 개의치 않으리라.

일단은 '좀 곤란하려나' 하고 생각하더라도, 기본적으로는 그다지 신경 쓰지 않을 터. 그리고 싸움에 열중하게 되면 하등생물에 대한 배려 따위는 아무 상관도 없으니까.

반면 마일 일행은 그럴 수 없었다. 레나가 불마법을 마음껏 쏠 수 없는 건 치명적인 핸디캡이었다. 숲에서 싸우는 건 피해야 했다.

고룡들도 마일 일행도 너무 담담하게 이야기를 이어갔다.

하지만 그것도 당연했다.

고룡들 입장에서는 단순한 촌극.

견습생과 아가씨의 눈앞에서 작은 동물을 죽이는 행위를 주저한 젊은 심부름꾼이 일을 원만히 수습하기 위해 눈에 뻔히 보이는 거짓말을 토했다.

하지만 허위 보고를 하는 것이 망설여졌기에, 누구나 거짓말이라는 것을 알 수 있도록 일부러 황당무계한 보고 내용을 올렸고……

짐만 되는 아가씨를 떠맡겼다는 약점이 있는 데다가, 젊은 고룡이 아가씨 앞에서 작은 동물을 차마 잔혹하게 죽일 수 없어 오명을 각오한 그를 차마 강하게 비난할 수가 없었기 때문에 족장도 장로도 묵묵히 그 보고를 받아들였다.

그렇게 잘 넘어가는 듯했다.

……갑자기 지도자가 교체되고 그 보고, 즉 '고룡이 인간에게 졌다'는 내용이 새 지도자의 역린을 건드리지만 않았다면.

허위 보고 내용이 불쾌했던 것일까, 아니면 그 과장된 이야기를 설마 진짜로 믿었던 것일까. 그건 잘 모르겠으나, 지도자의 명령을 받은 이상 이행할 수밖에 없다. 그것이 일족의 법도였으므로.

평소에는 머리 나쁘고 무력한 작은 동물들이 노는 모습을 따뜻하게 지켜보는 정도의 다정함을 갖고 있다 하더라도, 일족에서 자신의 위치가 위태로워질 것 같으면 주저 없이 조용히 짓밟아 죽인다. 꾹, 하고.

그건 어쩔 수 없는 일이었다.

그래서 고룡들은 다들 딱히 아무 생각이 없었다.

그저 아무런 감정 없이 간단한 루틴 작업을 하는 것. 그게 전부인 일이었다.

한편 '붉은 맹세'는 설명이랄까 설득하기를 처음부터 포기했다.

대충은 베레데테스가 이미 들려주었고, 바퀴벌레를 박멸하러 온 인간한테 바퀴벌레가 열심히 설득해봐야 그렇구나 하며 그냥 돌아갈 청소업자는 아무도 없다.

이쪽 역시 무표정으로 담담하게 행동할 뿐.

작전에 대해서는 이동 중 베레데테스의 등 위에서 이미 논의를 마쳤다.

아무래도 베레데테스는 중립이라기보다 '붉은 맹세' 쪽을 살짝 도와주는 것 같았기 때문에, 논의한 내용을 들어도 아무 말 하지 않았을 거다. 그래도 일단 마일이 방음 결계를 치기는 했지만.

『그럼 시작하자.』

고룡의 말에 베레데테스가 뒤로 멀리 물러났다. 휘말리기 싫은 모양이었다.

『붉은 맹세』도 충분한 거리를 벌렸다. 고룡과 싸우는데 근접 거리에서 육탄전으로 스타트를 끊는 바보가 있을 리는 없었다.

"""……엥?"""

마일 일행이 보자, 고룡들 중 한 마리만 '붉은 맹세' 쪽을 향해 서고 나머지 두 마리는 측면으로 이동해 자리를 잡고 앉아 있었다.

당연한 일이었다. 고작 인간 넷을 상대하기에 고룡은 한 마리만 해도 이미 전력 과다였다. 세 마리가 전부 상대할 필요가 없다.

그리고 일부러 여기까지 나왔는데 불과 몇 초 만에 끝나버리면 허탈감이 너무 클 것이다. 몇 분 정도는 놀고 싶을지도 모른다.

하지만 그것도 무력하고 작은 동물을 괴롭히는 나쁜 짓일 뿐이었다. 고룡들은 적당히 상대하면서 최대한 죽이지 않도록 힘 조절을 해야겠다고 생각했다.

완전히 압도하여 두 번 다시 고룡에게 덤비지 않도록 손봐줄 필요는 없었다. 고룡의 절대적인 힘을 여기저기에 퍼트리는 광고탑만 만들어둔다면 그 어린 지도자도 받아들이리라.

이렇듯 무력하고 작은 동물에 대해 자비심을 가진 듯한 고룡들이었다.

'좋았어, 이길 가능성이 생겼네……'

마일은 생각했다.

'만약 최강 고룡의 힘을 100이라고 하고, 이 고룡들의 힘을 한 마리당 80이라고 가정한다면. 내 힘이 50. 그리고 나노머신에게 직접 명령해 효력을 3.27배로 만들면 약 163. 이 고룡, 두 마리 분이야. 그럼 상대가 나를 얕보고 방심하는 동안 한 마리를 쓰러트린 다음, 두 마리가 남으면. 멤버들의 도움을 받아 상대의 주의를 흩트려서 통제된 공격이 내게 집중되지 않게 하면 두 마리를 상대해도 어떻게든 될 가능성이……'

『그럼 간다!』

그리하여 고룡들에게는 놀이, '붉은 맹세'에게는 자신과 동료의 목숨을 건 싸움이 시작되었다.

싸움을 맡은 고룡이 쿵 쿵 느릿느릿 '붉은 맹세'를 향해 걸어왔다.

브레스를 쐈다간 말 그대로 한 방에 끝날 거다. 힘 조절도 불가능해 인간들이 전멸하고 만다. 그래서 처음에는 인간들이 일방적으로 공격하게 할 작정이었다. 인간들의 필사적 공격이 어느 정도 수준인지 보고 싶기도 했고, 그 정도로 다칠 비늘도 아니었다.

다른 하등생물과 달리 신의 가호를 받은 고등생물인 고룡은 태어난 순간부터 몸에 강고한 방어마법이 걸려 있다. 그래서 죽어서 그 마법이 사라지기 전까지는 하등생물 따위의 공격에 비늘과 피부가 뚫리는 일은 없었다.

다른 두 마리는 사람이 보기에 무표정한 얼굴로 조용히 보고만 있을 뿐이었다.

뭐, 동료가 연약하고 작은 동물을 일방적으로 죽이는 장면 따위, 정상적인 사고방식을 가지고 있다면 즐겁게 볼 수 있을 리가 없었다.

"선공을 양보해주려는 모양이네요. 그럼 작전대로 일단 나머지 두 마리가 나서기 전에 한 마리부터 뚝딱 해치우고, 4대 2로 만들어서 승리 확률을 대폭 높이겠습니다!"

"""하잇!"""

평소에는 대외적인 교섭은 메비스, 전투 지휘는 레나가 맡는 '붉은 맹세'.

하지만 그 두 사람의 지식과 경험이 그다지 도움 되지 않는 비상사태에는 이렇게 마일이 지휘를 맡는다. 그것이 '붉은 맹세'의 암묵적인 규칙이었다.

이상 사태에는 이상한 것으로 응수한다.

비상사태에는 비상식적인 것으로 응수한다.

그게 무척 바람직한 방법이라고 생각했다. 마일을 제외한 세 사람으로서는······.

"제로제로 마법 제1호. 바위여, 열려라(암석 오픈)!"

이길 확률, 제로.

살아남을 확률, 제로.

그러한 '제로제로 상황'을 타파하고 친구를 지키기 위한 필살

마법 '제로제로 마법'. 그 제1호.

폴린이 자신의 모든 것을 건 최대, 최강, 그리고 극도로 난폭하고 광적인 마법을 영창하자 가까이에 있던 3m쯤 되는 바위가 스스로 쪼개지며 모습을 바꾸었다.

바위틈에서 나타난 것은 나선으로 뒤틀린 창이었다.

그렇다. '드릴'이었다.

"돌아 돌아라, 하늘을 돌리고 전국을 뒤집기 위해. 나의 은인 그리고 나의 친구를 지키기 위해, 이 일격에 나의 모든 것을 담아서!"

"불타올라라 내 목숨, 불타올라라 내 영혼! 아버지, 그리고『붉은 번개』분들의 마음을 이어받은 이 몸이 이런 도마뱀 따위한테 짓밟히다니, 절대 용납할 수 없다. 용납할 수 있을, 리가 없다고!"

눈동자가 뱅글뱅글 소용돌이치는 레나. 아마도 정상적인 정신 상태가 아닐 것이었다.

"부탁한다, 마이크로스!"

그리고 용기 5개에 든 내용물을 단숨에 삼키는 메비스.

살지 죽을지 알 수 없는 대승부에서 자신의 몸과 앞날을 걱정해봐야 의미가 없었다.

"나의 애검이여, 친구를 위해 진짜 모습을 드러내, 나에게 힘을!"

그 말이 끝나자 금빛 가루를 떨어트리며 꺼림칙하고 한편으로는 신성하게 빛나는 메비스의 애검.

"나노머신! 아이, 커맨드, 유우……."

그리고 마일이 이 세상 것이 아닌 말로 신음하듯 주문을 읊었다.

"쿠리하라 미사토, 아델 폰 아스컴, 그리고 마일이 명한다. 나의 명령을 최우선으로 이행하라!"

작은 동물이 어떻게든 필사적으로 대항하려 하고 있었다.

야무지고, 어리석으며, 비참하고 슬픈, 사사로운 발버둥질.

반죽음으로 만들고 살려주는 것보다 한 방에 고통도 괴로움도 없이 보내주는 게 이 사람들에게 자비를 베푸는 행위가 아닐까.

고룡이 그렇게 생각했을 때.

"슛!"

"파이어!"

"우오오오오!"

바위 창과 불마법이 고룡을 향해 날아들었다. 그 뒤로 무력한 검사가 검을 쥐고 달려왔다.

굳이 방어마법을 쓸 것도 없었다. 고룡의 비늘과 선천적인 방어마법만으로도 충분했다.

약점을 찌르는 것도 기습공격도 아무런 의미가 없다.

애당초 다른 생물과는 격이 다른, 절대 불가침인 신의 가신. 그것이 고룡이었으며 그러한 무적 신화가…….

쿵!

화라락!

『으아아아아아악!!』

배를 강타해 부서진 뾰족뾰족한 바위 파편들이 몸을 마구 파고들었다.

머리는 화염에 휩싸였다.

단순한 바위 창 따위는 비늘과 피부가 튕겨낼 터.

단순한 마력의 분류인 불마법 따위는 비늘과 피부가 막아줄 터.

그런데 바위는 몸에 꽂혀 터졌고, 화염은 머리를 감싼 채 꺼지지 않았다.

아무리 스스로 '신의 가신'이라 말한다 해도, 고룡 역시 산소를 마셔 생명 활동을 유지하는 생물체.

그 생물의 호흡 기관을 불로 뒤덮어 산소를 빼앗는다면?

뜨거운 공기가 그 생물의 폐를 불태운다면?

아무리 화염을 토한다고는 하나 딱히 고룡의 몸이 고열을 견딜 수 있는 것은 아니었다. 그건 단순히 입 주위에 마력을 모아 토하는 방식이라, 입에서 쏜 후에 브레스가 되는 것이었다.

……그렇다, 딱히 몸에서 입 안쪽까지 브레스의 화력을 견딜 수 있게 되어 있는 게 아니었다. 체내에 '화염주머니' 같은 장기가 있을 리 없는 것이다.

『케헥, 케헥, 케헥……』

가슴 속이 불타올라 숨을 제대로 쉴 수 없었다.

배를 파고드는 바위 창도 문제였다.

고룡으로 태어나 수백 년, 동료들과 재미로 벌인 싸움대회 이외에는 딱히 통증을 느껴본 적 없는 몸에 처음으로 찾아드는 '진짜, 고통'.

고룡은 우선 필사적으로 두 팔을 휘둘러 불을 끄려고 했지만, 무슨 영문인지 화염은 전혀 사그라질 줄 몰랐다.

『아……, 가……, 가……』

슈욱!

『그헥!』

그리고 고룡의 배를 한 줄기 빛이 꿰뚫자…….

푸욱!

『그아악!』

그 광선이 뚫은 구멍에 검이 꽂히더니…….

찍…… 찍…… 찍…… 찌이이이이이익!

배를 갈기갈기 찢었다.

이어서 찢긴 틈으로 내장이 튀어나왔고.

쿠웅……

눈을 까뒤집은 고룡의 거대한 몸이 땅에 쓰러져 움찔움찔 경련했다.

『ㅠ…………』

아연실색해서 미동도 하지 못하는 두 마리 고룡.

그리고 노림수대로 상대가 방심한 틈에 한 마리를 해치우고 승리 확률을 크게 높인 '붉은 맹세'.

『루크렛!』

대기하던 두 마리 중 한 고룡이 쓰러진 고룡의 이름으로 보이는 단어를 외치며 뛰어나왔다.

휘익!

그리고 그의 콧잔등을 스치고 지나간 한 줄기 광선.

"……상대는 저희인데요?"

『윽, 이놈들……』

위험을 탐지했는지 급히 멈춰서 겨우 마일의 공격을 피한 고룡.

마일은 동료들의 목숨이 걸려 있을 때는 적을 동정하지 않았다.

상대를 초조하고 여유 따위 없게 만들기 위해서라면 얼마든지 비정해졌다.

상대가 아무리 지적생물이라지만, 갑자기 일방적으로 억지 트집을 잡아 자신과 소중한 동료들의 목숨을 빼앗으려고 공격해온 악의 앞잡이인 것이다.

그렇다, 그건 고블린이나 오크, 오거들과 같았다. 그런 놈들에게는 아무것도 배려할 필요 없다.

"자, 끝내자고요!"

『이놈이……』

다른 한 마리도 일어서서, 두 마리가 나란히 마일 일행과 정면으로 대치했다.

두 마리의 고룡은 벌써 모든 것을 깨달은 듯했다.

자신들이 전혀 믿지 않고 하찮게만 여겼던 베레데테스의 보고가 전부 진실이었다는 것을.

그리고 이 인간들이 '상대를 무시하고 방심한 어리석은 고룡 한 마리'를 일제 공격해 쓰러트릴 만큼 전투력을 지녔다는 사실을.

하지만 고룡은 아직 둘이나 있고 이들도 멍청하진 않았다.

……그리고 물론 아무리 멍청하다 해도 동료 한 마리를 해치운 자들을 무시할 리 없었다.

『빨리 루크렛을 치유해야 해서, 힘 조절할 여유가 별로 없어. 원망하지 마라.』

그렇게 말하고 입을 크게 벌린 고룡.

"페이저 빔(위상광선)!"

슝!

타악!

마일이 쏜 빔 공격은 고룡이 전방에 펼친 마법 장벽에 막혀 튕겨 나갔다. 그대로 받은 것이 아니라 마법 장벽으로 비스듬히 받아내 흘려보냈다.

그리고…….

슈웅!

"격자력, 배리어어어!"

쿠웅!

세찬 불줄기가 아니라 불덩이로 발사된 브레스는 마일의 배리어에 막혔다.

평소와는 달리 사방을 덮는 돔 형태의 배리어로, 마찬가지로 피탄경시(避弾経始)라고 할까, 경사장갑(Sloped armour: 전차의 장갑을 경사지게 하여, 날아오는 포탄의 운동에너지를 분산해 튕겨내는 방식)이라고 할까, 여하튼 효율적인 방어 형태였다.

"썬더 볼트!"

두웅!

마일이 마법으로 고룡들 위로 번개를 떨구었으나 고룡들은 멀쩡히 서 있었다.

아마도 베레데테스의 보고가 전부 진실이라는 사실을 깨달은 순간부터 보고 내용과 전투기술을 전부 떠올리고 있었으리라.

고룡들은 마력의 흐름 변화(나노머신이 활동하는 기색)을 탐지했는지, 전기가 모이는 것을 감지했는지, 아니면 그냥 동물적인 감인지, 반사적으로 머리 위에 마법 장벽을 사용해서 번개를 막았다.

전기라는 개념은 모르지만 수백 년을 살다 보면 '벼락이란 무엇인지' 정도는 대충 이해하게 되는 것일까. 뇌마법이 불마법 같은 '마력 자체에 의한 공격'인지, '전기라는, 물리현상에 의한 공격'인지는 몰라도 어쨌든 마법 장벽으로 튕겨내 버린 것은 틀림없는 사실이었다.

"파이어!"

"슛!"

마일이 시간을 버는 동안 폴린과 레나가 영창을 끝내고 공격마법을 쏘았다. 첫 공격과 같은 공격이었다.

파시싯!

쿵!

레나의 불꽃마법은 소멸되었고, 폴린의 바위 창은 고룡의 꼬리를 맞고 튕겨 나갔다.

아무래도 마력 장벽뿐 아니라 인간들은 모르는 물리 장벽까지 있는 모양이었다.

물리 장벽은 마일의 '격자력 배리어' 만큼은 아니더라도, 질량이 큰 것은 위력이 크게 줄어들고 질량이 작은 것은 완전히 막아내는 것 같았다.

『헛수고다. 우리가 방심하지 않는 한 인간에게 당할 일은 없다. 수백 년 전에 젊은 고룡이 인간에게 졌다는 이야기도 있지만, 그건 아직 어린 고룡이 인간의 군대를 상대로 놀다가 발리스타의 금속 화살을 무수히 맞았기 때문이야. 고작 인간 넷이서 다 큰 고룡을 어떻게 하는 것은 불가능하다.』

"마일, 되겠어?"

"……저도 고룡의 배리어를 뚫지 못했어요. 오히려 두 마리가 동시에 공격한다면 제 배리어가 뚫릴 것 같은데요."

배리어 안에서 레나가 소곤소곤 묻자, 마일은 어렵다고 대답했다.

그리고 쓰러진 동료를 치유하기 위해 서두르는 고룡들은 그대로 공격에 들어갔다.

쏴아!

연속으로 날아드는 불길.

그리고…….

휘익!

그것과 겹쳐 날아온 화염 덩어리.

"안 되겠어요. 고룡이 숨을 들이켜길 기다렸다가 오른쪽 바위 뒤로 잠깐 후퇴!"

배리어가 더는 못 견딜 것 같았다.

사실은 이럴 때를 대비해 일부러 바위 밭을 골랐다.

배리어와 바위를 함께 활용하면 방어력이 다소 올라간다. 그리고 상대는 거구여서 바위 뒤에 몸을 숨길 수 없다. 설령 미미한 효과밖에 나지 않더라도 그런 것들을 최대한 쌓아두면 마지막에 승부를 결정할 때 큰 도움이 될지도 모른다.

효과가 2할밖에 오르지 않는다고 하더라도 그런 세세한 장치를 4개 만들어두면 1.2 곱하기 1.2 곱하기 1.2 곱하기 1.2. 그렇다, 약 두 배의 효과를 얻을 수 있는 것이다.

강대한 적과 싸우려면 정보, 기술, 덫, 책략, 기타 자신이 가진 모든 힘을 전부 쏟아부어야 한다. 그렇게 해서 조금이라도 더 효과를 키워나가는 것이다.

저 브레스도 사실 마법의 일종이다. 딱히 숨을 토할 필요는 없는 것 같은데, 고룡들의 신념인지 아니면 다른 어떤 이유가 있어서인지, 브레스를 쓸 때 고룡은 숨을 크게 들이쉬었다가 내뱉고 있었다.

……즉, 브레스를 연발하려면 도중에 숨을 들이켜야 한다.

마일은 계속해서 불꽃을 토하고 있는 고룡이 숨을 쉬기 위해 멈출 때 바위 뒤로 이동해 방어 태세를 다시 갖춘 후 곧바로 반격에 나설 계획이었다. 그리고 환상의 호흡을 자랑하는 다른 멤버들도 그 정도는 당연히 잘 알았다.

그렇게 몇 발째인지 모를 화염탄이 배리어에 명중한 직후, 화염 줄기가 끊겼다.

'럭키! 화염류랑 화염탄이 동시에 끊겼어!'

그것은 생각지도 못한 행운이었다.

"후퇴!"

마일의 외침에 모두 일제히 오른쪽으로 달려갔다.

그리고 다시 있는 힘껏 숨을 들이마시는 두 고룡.

'좋아, 됐어, 늦지 않겠어! 바위 뒤로 들어감과 동시에 배리어를……'

철푸덕!

"아."

넘어졌다.

네 명 중 운동신경이 제일 떨어지는 폴린이 울퉁불퉁한 바위 밭 위를 달리다 발이 걸리는 바람에 넘어져 그대로 얼굴을 박고 말았다.

육체파가 아닌 폴린에게는 상당한 타격이었는지, 곧바로 일어서지 못했다.

폴린보다 앞서 달리던 레나와 마일은 그 사실을 알아차리지 못하고 바위 뒤로 달려 들어갔는데, 뒤를 돌아본 두 사람 눈에 비친 것은……

만일의 사태가 일어나면 모두가 잘 피하도록 방패 역할을 하겠다며 늘 맨 뒤에 있는 메비스가 폴린을 부축해 일으키고는 고룡 쪽을 힐끔 쳐다보며 폴린을 마일 일행의 방향으로 있는 힘껏 밀어 던지고…… 고룡의 브레스를 맞는 모습이었다.

"으아아아아아아아악!"

"""아아아아아아아~~~~아악!"""

고통에 절규하는 메비스와 그보다 훨씬 큰 비명을 지르는 마일 일행.

바위 뒤로 굴러들어와 뒤돌아 메비스를 본 폴린이 가장 큰 비명을 질렀다.

메비스도 가만히 당한 건 아니었다. 직격당하기 직전에 필사적으로 몸을 비틀어 브레스를 피했다. ……왼팔을 제외하고.

"크아아악!"

비명을 지르면서도 필사적으로 굴러 바위 뒤로 몸을 피한 메비스.

아파 아파, 하며 주저앉아봐야 죽기만 할 뿐이다. 그래서 고통을 무시하고, 일단은 조금이라도 더 안전한 장소로 이동한 것이다. 그것이 전투가 업인 자가 살아남기 위한 철칙이었다.

"메비스!"

"메비스 씨!"

"메, 메비스, 소, 손이……, 왼손이……."

폴린이 메비스의 모습에 혼이 나간 채 중얼거렸다.

"손이……. 나 때문에, 메비스의 왼손이……. 꿈이, 기사가 되겠다는 메비스의 꿈이, 나, 나 때문에……."

그렇다, 메비스의 왼팔이, 팔꿈치 아래로, 없어지고 말았다.

검게 탄 왼쪽 팔꿈치 아래에는, 아무것도 없었다. 아무것도…….

"통각 마비, 온도 전도 차단, 가열 부분 냉각, 세포 파괴 저지!!"

마일이 필사적으로 통증을 멈추고 손상 확대를 막기 위한 마법을 걸었지만, 이런 상처는 대처해본 적이 없어서 마음이 몹시 급했다.

마일도 이런 사태를 생각해보지 않았던 것도 아니지만, 머리로 생각하는 것과 막상 일이 닥쳤을 때 신속하고 적확한 대처를 요구받는 것은 이야기가 다르다.

굳은 채 미동도 하지 않는 레나.

얼굴이 창백해지고 착란 상태에 빠진 폴린.

응급처치하느라 죽을힘을 다해 마법을 걸어대는 마일.

"나, 나 때문에……, 나 때문에, 메비스의 꿈이, 꿈이……."

평정심을 잃은 폴린에게, 마일 덕택에 겨우 통증이 가라앉은 메비스가 생긋 웃으며 말했다.

"……그런 건, 폴린의 목숨이랑 비교하면 아무것도 아니야……."

폴린의 표정이 일그러졌다.

슬픔. 후회. 자기혐오. 미안함. ……그리고 격렬한 분노와 증오.

아버지의 적을 해치웠을 때, 이제 더는 분노와 증오에 마음이 물들 일은 없으리라고 여겼었다.

이 몸과 마음을 복수의 화살로 바꾸어 적의 심장을 뚫는 일은, 두 번 다시 없을 거라고…….

그런데 지금.

이 꼬이고 미쳐 날뛰는 마음.

부글부글 끓어오르는 검은 마그마(용암).

흔들

고개를 푹 숙인 채 유령처럼 흔들흔들 몸을 일으킨 폴린.

그리고 바위 뒤에서 걸어 나와 적 앞에 모습을 드러냈다.

『뭐야, 항복하는 거냐? 그래도 좋다, 그대로 옆으로 물러나라. 그리고 나머지 자들이 죽고 나면, 너는 인간들에게 이 사실을 전하고……』

그때 폴린이 고개를 들어 고룡을 정면으로 노려보았다.

『힉!』

고룡이 자기도 모르게 긴장해 소리를 흘렸다.

천하의 고룡이 고작 인간 따위에게 겁먹은 듯한 목소리를…….

그만큼 그녀의 얼굴 그리고 그녀의 몸에서 뿜어져 나오는 기운이 섬뜩했다.

"웃기지 마, 이, 빌어먹을 도마뱀이…….."

그리고 또 다른 그림자가 바위 뒤에서 등장했다.

"불태워라, 불태워라, 불태워라……. 나의 소중한 것을 빼앗으려 드는 놈들은 전부 다 태워버려라…….."

번뜩이는 눈에, 열이 가득 차오른 듯한 얼굴. 태연하게 고룡 앞에 모습을 드러낸 그 붉은 머리 소녀는 도저히 제정신으로 보이지 않았다.

『무, 무, 무슨……. 도대체, 무슨 생각으로…….』

그리고 마일은 언제든 레나와 폴린을 배리어로 감쌀 수 있도록 주의를 기울이면서 왼쪽 팔꿈치 아래를 잃어 오른손으로 왼 팔뚝을 쥔 메비스에게 빠른 속도로 말했다.

"메비스 씨, 그 팔 말인데요……."

"으응, 알아. 아무리 뛰어난 치유마법이라도 잃어버린 육체를 부활시키는 건 불가능하다는 것쯤은, 아무리 나라도 알고 있어. 하지만 아까 한 말은 진심이야. 친구의 목숨을 구할 수만 있다면 팔 하나 정도야 별로 큰 대가가 아니야. 만약 마일을 구하기 위해서라면 다른 한쪽 팔을 잃어도 후회 따위 하지 않을 거야!"

"메, 메비스 씨……."

눈에 눈물이 그렁그렁 맺힌 마일.

"……그러면 한 달 정도 걸려서 치유마법으로 원래 팔을 재생시키는 거랑 지금 당장 가짜 골렘 팔을 마법으로 만들어 붙이는 것 중 어느 쪽이 좋아요?"

"……………뭐?"

놀란 토끼 눈. 그것 말고 다른 묘사는 떠오르지 않을 정도로, 놀란 토끼 눈 중의 놀란 토끼 눈이라고밖에 설명할 길이 없는 메비스의 얼굴.

과연 아무리 나노머신이라 해도 세포 증식으로 팔꿈치부터 손끝까지 전부 재생하려면 꽤 시간이 걸린다. 세포도 무에서 창조하는 게 아니기에 메비스의 몸에서 필요한 성분을 모아 세포를 만들어야 하므로 이런저런 처치를 하더라도 많은 시간이 필요하다. 단순히 잘린 부위나 부러진 뼈를 붙이는 것과는 차원이 달랐다.

반면 나노표 근육이나 나노표 신경 등으로 공학적인 모조품을 만드는 건 금방 끝낼 수 있다.

"……그, 골렘 팔이라는 거, 바로 쓸 수 있어? 그러니까, 이번 싸움에서 쓸 수 있는지……."

"쓸 수 있어요. 피는 흐르지 않아도 골렘이 자기 팔을 움직이듯이 자기 의사로 얼마든지 움직일 수 있어요. 단순한 의수와는 차원이 달라요!"

그 말에 메비스는 고민하지도 않고 바로 대답했다.

"지금 싸울 수 없으면 나중에 아무리 멋진 팔이 생긴대도 아무 의미 없어. 이렇게 된 거, 난 그, 붉은 피가 흐르지 않는 팔을 선택하겠어!"

"……메비스 씨는 그렇게 대답할 줄 알았어요……."

울음 섞인 미소를 지으며 마일이 대답했다.

그러더니 마법으로 땅에 있는 바위를 10cm 정도 파냈다.

"여기에 왼팔을 넣고 눈을 꼭 감으세요."

암반 속 필요 성분을 추출하고, 부족한 소재는 전송해서 조달하거나 분자를 변환하는 등 나노머신을 전력 가동하기 위한 작업이었다. 그리고 그 제조 공정을 메비스가 볼 수 없게 하기 위한 배려이기도 했다. 주로 메비스의 정신 건강을 생각해서…….

마일은 멤버 중 누군가가 몸의 일부를 잃었을 때를 대비해 나노머신과 여러 사전 조정을 해두었다. 그래서 마법으로 할 수 있는 일, 불가능한 일 그리고 그 조건 등에 대해서 다양한 패턴을 이미 확인해두었다.

또 아까 메비스에게 말 걸기 전에 재차 뇌내 대화로 나노머신에게 물어뒀었다.

"사이보그(세포구). 의족 왜인전(역사책 『위지 왜인전』의 패러디). 의체. 모든 의체를 배신하지 않도록……."

마일이 수상한 주문을 읊기 시작했다.

"코브라(맹독 뱀)(만화 『우주 해적 코브라』의 주인공)의 왼팔. 아유미 짱의 왼팔(SF 소설 『별에 가는 배』의 주인공. 어떤 사건으로 왼팔을 잃는다). 그 몇 배의 근력. 그 몇 배의 고기력. ……이하 바이오닉 개조 수술 카르테……."

온갖 키워드(주문)를 통해 마일의 기억이 재생되어, 그 이미지가 강렬한 출력으로 뿜어져 나와 주위의 나노머신들에게 마구 흘러들어갔다.

그리고 이내 곧 땅속에서 급속도로 '그것'이 만들어지기 시작했다…….

『이제 와서 뭘 하려는 거야! 더는 방심하지 않는 우리 앞에서 너희가 할 수 있는 건 이제 아무것도……』

"빙글빙글, 빙글빙글, 빙그르르…… . 핫을 더 담아서……."

"끈~적, 끈적끈적, 증점제……."

그리고 고룡의 말 따위 조금도 개의치 않고 이상한 문구를 붙여가며 노래하듯 뭔가를 계속 중얼거리는 폴린과 레나.

『공포와 절망감이 너무 큰 나머지 미쳐버렸나…… . 단숨에 끝내는 게 너희에게 자비를 베푸는 건가…… .』

『그렇겠군. 조금 전 검사도 한쪽 팔을 잃었으니 검사 인생은 끝난 거나 마찬가지다. 차라리 멋지게 싸우다 전사하는 편이 본인도, 남겨진 자들도 행복할 거야…… .』

두 고룡이 자기들 멋대로 지껄이고 있었다.

그때 폴린이 소리쳤다.

"빌어먹을 도마뱀 새끼가 헛소리 늘어놓고 있네! 죽는 건 네놈들이야! 작약충전!"

폴린이 본성을 드러냈다.

『어리석은, 나의 마법 장벽이 마력 공격도 실체 공격도 다 막을 수 있다는 것은 조금 전에 그 눈으로 똑똑히 확인했을 텐데! 이미 올 것을 알고 있는 공격 따위 무의미하다. 장벽, 전개!』

고룡들이 마법 장벽을 펼쳤다. 한 마리가 쳐도 충분히 공격을 튕겨낼 수 있을 텐데, 돌다리도 두드려보고 건넌다고 두 마리가 공동으로 자신들이 넉넉히 들어갈 수 있는 크기의 장벽을 전개했다.

공격이 얼마나 무의미한지 똑똑히 알려준 다음 인간들에게 선택하라고 하면 된다. 명예로운 죽음 아니면 항복 중에서.

그리고 고룡이 가볍게 브레스를 토하려고 했다.

아무리 '가볍게'라지만 평범한 인간이 절대 어떻게 해볼 수 있는 것이 아니다.

숨을 가볍게 들이마셨다가 폴린 쪽으로 브레스를 토하려고 한 순간⋯⋯.

파아아아아아앗!

『그아아!』

휘익!

고룡 하나가 폴린을 향해 염탄 모양 브레스를 토하려 했으나 갑자기 눈 부신 빛이 뿜어져 나온 탓에 조준이 빗나갔다. 결국 브레스는 폴린을 스쳐지나 뒤쪽에 떨어졌다.

메비스의 팔을 처치하는 데 집중하면서 폴린과 레나 쪽도 살피던 마일이 고룡들의 공격을 막기 위해 플래시백(섬광 수류탄)을 힌트로 삼은 섬광 마법을 쏘았던 것이다.

후방, 그러니까 폴린 일행 쪽이 아니라 전방을 향해서 강력한 섬광을 쏘는 지향성을 지닌 공격으로, 일시적인 실명과 패닉, 상황 인지 능력 저하를 발생시키기 위한 마법이었는데, 이마저도 고룡에게는 표적을 살짝 빗나가게 하는 정도의 효과밖에 없었다.

사실 플래시백 마법과 함께 마일이 폴린과 레나 주위에 격자력 배리어를 쳐서 열과 폭풍으로부터 두 사람을 보호하고 있었는데, 멋 부림 효과(쓸데없는 시각 효과)를 넣을 여유가 없어, 배리어를 투명한 상태로 치는 바람에 폴린은 배리어가 있다는 걸 알지 못했다. 즉, 폴린은 맨몸일 때 드래곤 브레스가 옆을 스쳐 지나가 그대로 폭발하는 걸 본 셈이었다.

……하지만 폴린은 그것을 전혀 개의치 않았다.

그렇다, 아무 일도 없었던 것처럼 태연하게, 완전히 무시했다.

"제로제로 마법 제2호, 『대고룡 루인(파괴)탄』!!"

폴린이 공격 주문을 영창했다.

하지만 폴린의 주문이 계속되어도 무엇하나 변하는 것이 없었다.

그리고 고룡들이 의문스럽게 여기는 동안에 폴린의 주문이 완성되었다.

"매지컬 슈우우우웃!"

휘익휘익휘익!

『엥?』

땅에서 20~30cm 정도 크기의 드릴들이 날아왔다.

……마법 장벽 안쪽, 고룡이 있는 곳에서.

마법으로 허공에 만들어 낸 게 아니라 바닥이 그대로 드릴로 변해 회전하고 있었다.

거대한 덩치 때문에 자기 발아래를 살피기 어려운 고룡은 알아차리기 어려운 공격이었다.

푸슉푸슉푸슉!

원래 바위 창을 비롯한 여러 투척 공격으론 고룡의 비늘과 피부를 뚫을 수 없지만, 이 드릴은 끝이 뾰족하고 고속회전하는 데다가 엄청난 속도와 마력을 과시하고 있었다.

『그악! 어, 어떻게……』

드릴에 비늘을 뚫린 고룡이 믿을 수 없다는 표정을 지었다.

마법은 마술사의 사념파를 받아 발동한다. 나노머신의 작용으로. 제로제로 마법 제1호 역시 폴린으로부터 떨어진 장소에서 암석이 변화해 회전을 시작했던 것이다.

그렇게 되면 딱히 마법 장벽 바깥이 아니라 '마법 장벽 안쪽'에서 발동되어도 상관없지 않은가. 굳이 장벽 밖에서 탄환을 형성해 쏘지 않아도 말이다…….

다만, 일반적으로는 고룡 근처에 있는 나노머신이 대부분 고룡의 사념파에 반응하기 때문에 멀리 있고 사고파 방사의 강도가 고룡보다 훨씬 낮은 인간의 사념에 반응하는 나노머신은 거의 남아 있지 않다.

그렇다, 일반적으로는.

이전에 나노머신이 마일에게 말했던, 레나의 사념파 출력이 평범한 것치고는 그 마법이 강력했던 이유.

【그것을 저희는 '정념이 강하다'라고 부르는데, 뭐라고 설명해야 할까요, 사념파가 걸쭉하게 끓고 있는 상태라고 할까요, 감도를 상당히 낮게 설정한 나노머신이라도 반응해버리고 만답니다…….】

그렇다. 지금 폴린의 머릿속이 걸쭉하게 푹 끓고 있었다…….

"고룡과 싸우는 건 이번이 처음이 아니에요. 이런 제가 다음 고

123

룡과의 싸움에 대비해서 마법 장벽에 대한 대항책을 생각하지 않은 것 같나요?"

아니, 보통의 인간이라면 고룡과의 싸움 따위 평생에 한 번이면 족하다. 그리고 그때 죽거나 두 번 다시 고룡 근처에는 얼씬도 하지 않거나. ……적어도 다음 싸움에 대비하는 인간은 있을 리가 없었다.

말투가 평소 상태로 돌아와 있는 폴린.

아니, 그렇다고 차분해졌다는 뜻은 아니다.

마일과 마찬가지. 분노가 일정 한도를 넘어서면 마음의 온도가 확 내려가서 말투가 되레 정중해진 것이다.

이건 이미 상대를 생물로 보지 않고 단순한 '물질', 앞으로 폐기 처분할 '물건'으로밖에 보지 않는다는 뜻이었다.

생명체가 아닌 것에 일일이 화낼 필요 없으니까.

『무, 무슨……! 그냥 피부에 좀 박혔을 뿐이잖아. 아무 의미도 없다고!』

그렇게 센 척하는 고룡이었지만, 이 정도로 작은 바위 파편에 자신이 자랑하는 마력 강화 비늘이 뚫린 것에 상당한 불쾌감을 느꼈는지 목소리가 살짝 떨렸다.

하지만 아랑곳하지 않고 엷은 미소를 띠는 폴린.

"허? 제가 아까 『대항책을 생각하지 않은 것 같으냐고』 말했잖아요? 이런 제가, 고작 이 정도 공격을 생각해내는 데 굳이 시간을 들여 고민할 필요가 있었겠어요?"

『그, 그게 무슨……』

"작렬!"

『크아아아아아아아아아아~~~악!』

폴린은 주문 도중에 '작약충전'이라는 단어를 넣었었다.

하지만 폴린이 탄두 작렬을 위한 화약을 만들 수 있는 건 아니었다. 어디까지나 이것은 그 위력을 탄두의 작렬을 본 따 마일이 명명한 것일 뿐이었다.

그리고 그 '작렬'이라는 키워드는 그저 단순히 바위로 된 드릴 모양 탄두를 깨부수기 위한 것이었다.

……그 속에 담긴 '붉은 무언가'를 방출하기 위하여…….

폴린의 마법공격과 병행해서 레나 역시 그 분노와 증오를 적에게 돌렸다.

"……우리의 적을 불태워라……. 용멸 화염탄!"

이쪽은 레나의 바로 옆에 화염탄이 등장했다.

"발사!"

고속으로, 폴린이 공격하는 곳과는 다른 쪽, 또 다른 고룡이 있는 곳을 향해 날아가는 불덩어리.

『마력탄은 실탄보다 마법 장벽의 영향을 크게 받지. 닿기만 해도 소멸…….』

후웅!

고룡의 말과 달리, 장벽 통과 때 불덩이가 일시적으로 약해져 속도가 떨어지기는 했어도 그대로 뚫고 계속해서 날아가는 화염탄.

『욱!』

고룡이 튕겨내려고 재빨리 꼬리를 휘둘렀는데, 그 꼬리가 명중하기 직전 화염탄이 스스로 분열했다. 그리고 그대로 고룡의 몸 곳곳에 부딪히는 화염 조각들.

『훗. 이런 것 따위 내 비늘에 튕겨……서……』

이 정도로 작은 마력탄이면 마력으로 강화된 비늘과 피부로 간단히 튕겨낼 수 있다.

분명 그럴 터였는데, 불이 몸에 달라붙어 떨어질 줄 몰랐다.

『욱, 이게……』

몸을 흔들어도, 손으로 털어내도 불꽃은 사그라질 줄 몰랐다. 아니, 오히려 손으로 번져 점점 몸 전체로 퍼져나갔다.

『워터 볼!』

물마법으로 수구를 생성해 자기 몸을 때리는 고룡.

『왜, 왜, 왜 안 꺼지는 거야아앗!』

이 마법은 가연물 없이 마력만으로 불덩이를 만들어내는, 평범한 파이어 볼이나 염탄과는 근본부터 다른 것이었다.

지구에서는 나프타에 증점제를 섞어 유지 소이탄이란 걸 만든다. 흔히 네이팜탄이라고 부르는 녀석이다.

이것은 그러한 지구의 물질들과 유사한 것들을 참고로 해서 나노머신(마법)에 의해 만들어진 것으로 달라붙으면 웬만해서는 떨어지지 않고 물을 끼얹어도 꺼지지 않는 몹시 흉악한 유사 유지 소이탄이었다.

……즉, 마력탄이 아니라 실탄이었다.

"흥, 마법 천재인 이 몸이 한 번 고전한 상대에게 아무 대책도 세우지 않았을 거라고 생각해? 인간을 얕보지 말라고!"

『앗프, 아프프, 꾸에에에에엑~~!!』

『으아아, 뜨거워뜨거워뜨거워 탄다탄다탄다 비늘이, 몸이 탄다탄다 뜨거워뜨거워!!』

아비규환.

그 단어에 이만큼 어울리는 상황도 별로 없을 것이다.

몸에 붙은 불을 끄려고 필사적으로 땅을 구르는 고룡.

그저 극한의 고통 속에 몸부림치는 고룡.

그리고 조금 전부터 눈알을 까뒤집은 채 쓰러져 꿈쩍도 하지 않는 고룡. ……생명력이 강한 도마뱀이어서 아마 아직 죽지는 않았겠지만…….

이제 마무리 지으려고 레나와 폴린이 결정적인 기술 영창에 들어갔을 때, 폴린의 공격을 받고 괴로워하던 고룡이 통증을 억누르며 재빨리 레나와 폴린에게 접근해 꼬리를 쳐들어 올렸다.

『죽어라아아아아아아잇!』

육탄전에 약한 레나와 폴린은 순간 몸이 굳어 움직일 수 없었다. 영창을 갓 시작한 결정타 마법은 아직 완성되지 않았고, 이제 와서 다른 마법으로 전환할 시간도 없었다.

자신들을 향해 무섭게 내려오는 꼬리를 그저 멍하니 보기만 하는 두 사람.

그리고…….

휘익!

두 사람 앞에 떨어져 움찔거리는 꼬리.
……어느샌가 고룡의 꼬리가 잘려있었다.
"비기 엑스트라(EX) 진 신속검, 삼의 진검, 『참룡검』!!"
"'메비스!!'"
히죽, 하얀 이를 드러내며 웃는 메비스를 향해 급하게 달려가는 레나와 폴린.
"다행이야! 클라이맥스 전에 맞춰 와서, 정말 다행이야…….
그리고 모처럼 나온 명장면을, 자기도 모르게 속마음을 늘어놓는 바람에 망친 메비스였다.
"너, 너너너, 너, 그 팔! 그 팔은 어떻게 된 거야?!"
폴린이 메비스의 왼팔을 본 순간 굳어버렸기 때문에 레나가 그렇게 물으니…….
"우정이라는 이름의 마법을 쓰면 기사의 몸은 불멸이지!"
"바보…….
어이없다는 표정으로 쓴웃음 짓는 레나. 폴린의 눈에서 눈물이 주르륵 흘러내렸다.
그리고 폴린의 입에서 무자비한 말이.
"일단 고룡부터 확실히 숨통을 끊어놔요. 이야기는 그 후에 천천히 해도…….

고룡의 비명 속에『꼬리가 없어! 꼬리가 없어어어!!』라는 절규도 섞여 있었는데, 꽤 심한 착란에 빠진 모양이지만 또 언제 공격해 올지 알 수 없는 일이었다. 과연, 위험 요소는 빨리 제거하는 것이 좋다.

"자, 마무리 마법을……."

메비스의 뒤를 쫓아 바위 뒤에서 나온 마일 쪽을 힐끔 쳐다보며 레나가 그렇게 말했을 때.

『잠깐만! 항복 의사를 확인하게 해줘, 부탁한다!』

조금 거리를 두고 지켜보던 베레데테스가 허둥지둥 날아왔다.

『이제 승패는 결정 났잖아! 세 마리 모두 항복한다고 하면 목숨만은 살려줬으면 해!』

하긴, 지금 여기서 이 세 마리를 죽인다고 해도 별 의미는 없었다. ……아니, 오히려 이들을 죽였다간 고룡 일족의 원한을 사서 상황이 점점 나빠질 것 같았다.

고룡 마을에는 많은 고룡이 살고 있을 테니, 세 마리 정도 줄어든 것 가지고 그쪽의 전력에 크게 달라지지는 않을 것이다. 그렇다면 괜히 원망을 사기보다 놓아주는 편이 나을지도 모른다.

게다가 베레데테스가 굳이 여기까지 따라온 건 이런 이유도 있었기 때문이리라. 얼간이라고 불리는 것도 참고 굳이 그 역할을 맡아 동료들을 위해 동행한 것은 젊은 고룡으로서는 칭찬받아 마땅했다.

……젊은 고룡이라고 해도 아마 수백 살은 먹었겠지만.

레나가 멤버들을 둘러보며 의견을 확인했다.

"……어쩔 수 없네. 그쪽 모두가 완전한 패배를 인정하고 앞으로 시비 걸지 않겠다고 약속하면 놓아줄 생각도 없는 건 아니지만?"

『고맙다! 조금만 기다려줘!』

그리하여 마구 뒹구는 두 마리에게 달려가, 엉엉 울부짖는 그들에게 어떻게든 동의를 얻어낸 베레데테스.

『루크렛은 의식이 없으니까 봐주라. 얘는 죽었어도 이상하지 않은 상태니까 항복했다고 봐도 될 거야. 반드시 나중에 세 마리 모두 납득하게 할게. 동의하지 않으면 내가 책임지고 처리한다고 맹세하겠어.』

눈물 흘리며 몸부림치면서도 나머지 두 마리가 고개를 끄덕였기 때문에 레나 일행은 그렇게 받아들이기로 했다.

아마 이 사건의 결말을 듣는다면 혼자서 복수하러 오지도 않을 거다. 애당초 그런 게 가능한 몸 상태도 아니었다. 빨리 치유마법을 걸지 않으면 아무리 튼튼한 고룡이라도 슬슬 걱정되는 상태 같았다.

"그러면…… 몸에 불순물을 제거하고 분해하라! 치유의 힘이여, 다친 부위를 복구하고 상처를 치유하라……!"

마일이 폴린에게 당한 희생자의 몸에서 캡사이신 성분을 없애고, 이어서 제일 처음에 흠씬 두들겨 맞았던 고룡에게 치유마법을 걸어주었다.

폴린의 희생자는 캡사이신만 제거하면 되었다. 다친 부위는 잘려 나간 꼬리만 빼면 다 자잘한 상처였고, 고룡도 그 정도는 자기 치유마법을 써서 스스로 고칠 수 있었다. 어차피 침만 발라도 낫는 수준이었다.

반면 처음에 당한 고룡은, 원래 튼튼하고 생명력이 강한 개체인 만큼 아직 숨은 붙어 있었지만 아무리 그래도 이대로 방치하면 약간 위험한 상태였다.

레나에게 당한 희생자는 레나가 신체 청정 마법의 강화 버전으로 몸에 붙어 있던 점착성 가연물을 제거해주었고, 화상은 폴린이 치유마법을 걸어주고 있었다.

레나의 마법이 클러스터 폭탄처럼 분열되어 작렬하긴 했지만 그렇게 많이 있던 것도 아니었거니와 몸 여기저기가 불타 몸부림치긴 했어도 고룡의 덩치와 비교하면 사소한 수준이었다. 애초에 불꽃의 화력이 고룡의 마법이나 비늘에 막혀 몸 안쪽까지 닿질 않았으므로, 그리 당황하지 않아도 불이 꺼진 지금은 생명에 지장이 없었다.

아무리 그래도 그대로 계속 탔으면 위험했지만…….

여하튼 고룡들은 겨우 죽음의 위기에서 벗어날 수 있었다.

……다만, 정신적인 후유증은 빼고.

『꼬리가 없어. 꼬리가 없어…….』

캡사이신 지옥 말고는 그다지 중상을 입지 않은 고룡, 그러니까 세 마리 중에서는 제일 덜 다친 그 고룡이 짧아진 자기 꼬리를 껴안은 채 넋이 나가 중얼거렸다.

"……왜 저래……?"

그 고룡을 보며 싫은 표정을 짓는 레나.

『아아, 그건……』

베레데테스가 설명해주었다.

『그는 아직 반려자를 얻지 못했어. 그런데 우리 고룡들은 꼬리로 프러포즈(구애)를 하거든……. 그 후의 애정표현도 꼬리를 서로 휘감거나 상대의 몸을 쿡쿡 찌르는 등, 여하튼 그런 어필을 할 때 꼬리가 무척 중요한 역할을 해. 그런 꼬리가 저렇게 되고 말았으니……』

다른 두 고룡이 침통한 표정으로 고개를 푹 숙였다. 위로의 말조차 건넬 수 없는 상황인 모양이었다.

"""""…………."""""

불편하다. 참으로 마음이 불편하다…….

『꼬리가 없어. 꼬리가 없어, 꼬리가 없어어……』

눈물을 뚝뚝 흘리며 허무하다는 듯 계속 한탄하는 고룡.

"아아아, 알겠어요, 알겠다고요!"

마일이 뎅강 잘려 굴러다니던 꼬리를 주워, 울기만 하는 고룡에게 다가갔다.

"붙여줄 테니까 얼른 꼬리를 이쪽으로 뻗어보세요!"

『ㅠㅠ…………뭐?』

고룡들도 잘려 나간 몸은 원상 복구할 수 없는 듯했다. 그러기는커녕 절단된 부위를 이어붙이는 것조차 불가능한 모양이었다.

하긴, 베인 상처를 고치는 것과 달리, 신경과 혈관을 도로 이어 붙이는 작업을 비롯하여 여러 가지 난제가 많아 지구의 의료 기술로도 절단된 팔과 다리를 완벽하게 이어붙이기는 어려우며, 불과 50년 정도 전까지만 해도 성공을 기대하기 어려운 수술이었다.

아무리 마법을 구사한다고는 하나 신체 구조에 관한 지식도 의학 지식도 없으면 재생 수순을 적확하게 머릿속으로 그리며 나노머신에게 자신이 원하는 작업을 시키기는 어렵다. 그냥 달라붙기만 하고 신경이나 혈관이 이어지지 않아 바로 괴사하면 문제였다.

회의적인 눈으로 마일을 보는 네 고룡들이었는데, 그 눈들이 곧 마일 옆에 서 있는 메비스를 포착했다.

『뭐야……』

의식을 잃은 한 마리를 제외하고 나머지 세 마리는 똑똑히 보았었다. 메비스의 왼팔이 불꽃 브레스를 맞고 분명 재가 되어 사라졌던 것을.

『…………』

믿을 수 없다.

말도 안 된다.

눈을 커다랗게 뜨고 메비스의 왼팔을 응시하는 세 고룡들.

사정을 모르는 한 마리만이 모두 상태가 이상해진 이유를 알지 못해 어리둥절하고 있었다.

그리고 고룡들의 시선을 알아차린 메비스가 생긋 웃으며 검을 뽑아, 왼손만으로 빙글빙글 돌리며 곡예를 펼치기 시작했다.

�…………ᴗ

이제 메비스로부터 시선을 뗄 수 없는 고룡들.

그리고…….

『부, 부탁이야, 붙여줘! 뭐든 할게, 완전 항복 행위(발라당 누워 배 까기)든, 말 대신 등에 태워주기든, 일족에 대한 배신행위만 아니면 시키는 건 뭐든 할 테니까! 부탁이야아아!』

자칫 잘못하면 평생 독신으로 살아야 한다. ……인간의 일생과 비교하면 그 수십 배, 수백 배는 될 법한 기나긴 고룡의 삶을…….

울며 애원하는 고룡을 보고, '아이고, 참' 하는 표정을 짓는 마일.

아마 고룡의 입장에서는 엄청나게 굴욕적인 행동이겠지. 그, 완전 항복 행위라든지, 말 대신 같은 것은…….

예전에 소녀용인 셰라라가 배를 깐 적은 있지만 그건 뭐, 어린 애가 했던 행동이고 정말 목숨의 위험을 느껴서 그런 것이니 어쩔 수 없다. 어엿한 성인 남자가 적에게 하는 것과는 이야기가 다르다.

말 대신도 이곳에 올 때 베레데테스가 태워준 것도 있고 예전에 수인을 이동시켰을 때처럼 자신의 편의 때문에 태워주는 것은 전혀 상관없었지만, 하등생물의 명령을 받아 태워주는 것은 말도 안 되게 굴욕적이었다.

아무래도 고룡에게 꼬리란 그 굴욕을 얼마든지 감수할 만큼 소중한 것인 모양이었다.

그리하여 말한 대로 꼬리를 마일 쪽으로 내민 고룡에게, 주워

온 끝 부위를 붙이는 마일.

"절단 부위 청정화, 이물 배제, 멸균!"

우선 오염을 제거하고 살균 처리.

그런 다음 절단면을 붙여서…….

"세포 증식 활성화, 골격 접합, 근육 접착, 신경 복구 재결합, 혈관 접합, 결합면 고정……, 테라 힐!"

ᎷᎢᎢ오오오오오오!ᚔᚔ

일단은 놀란 얼굴을 한 고룡들이었지만 사실은 보기만 해서는 아직 잘 몰랐다.

물리적으로 붙이는 것 정도는 고룡들도 가능하다. 문제는 그대로 썩지 않고, 또 잘 움직일 수 있느냐 하는 부분이었다. 그것도, 구애 활동에 필요한 격렬하고도 섬세한 동작이 가능하지 않으면 아무런 의미가 없다.

"아직 움직이지 마세요. ……에이!"

마일이 붙인 꼬리 부분을 손가락으로 가볍게 찔렀다.

『아얏!』

무심코 신음한 고룡은 깜짝 놀라더니 곧 표정이 굳어졌다.

『어째서, 인간이 손가락으로 찔렀을 뿐인데 아픈 거야!』

보통은 인간이 손가락이 부러질 만큼 세게 찌른다고 해도 닿았다는 것조차 느끼지 못하리라. 그런데 아얏, 이라니…….

요컨대 이 소녀가 충분히 강도 있는 무기를 쥐고 전력을 다해 베거나 때린다면…….

조금 전, 동료 중 하나가 믿을 수 없게도 인간에게 배를 찢기는 모습을 봤을 때는 인간 중에도 엄청난 능력을 지닌 자가 있다는 사실에 경악하고 감탄했었다.

하지만 그건 그녀가 쥔 검이 신검 수준의 마법 검이거나 엄청나게 좋은 도검, 아니면 '전설적 용사의 검'이라거나 '드래곤 슬레이어(용을 죽일 수 있는 검)'이었을 뿐이며, 운 나쁘게도 수백 년에 한 번 나올까 말까 한 드래곤 버스터(용을 쓰러트리는 영웅)가 그 검을 들고 있었을 뿐이라 생각했다.

그래서 그런 자를 만난 자신들의 불운을 한탄하고 있었는데…….

『어떻게 무기도 없이 맨손인데 그런 힘이……. 아니, 그것보다도 수백 년에 한 번 나올 만한 자가 둘씩이나 모여 있다니 이게 말이 되나아아아!』

갑자기 소리친 고룡의 어깨를, 레나에게 당했던 고룡이 탁 두드렸다.

『그보다도 너, 꼬리에 통증을 느낀 거야?』

『아, 아아, 통증을……. 어라, 아앗, 아아아아아아아아아앗?!』

경악하더니 눈물을 뚝뚝 흘리기 시작하는 고룡.

『느껴져……. 통증이. 감각이. 느껴져…….』

그리고 살짝 움직여 보니.

움찔.

움찔움찔.

『움직인다. 움직인다아아아아…….』

"완전히 붙었을 거라고 생각하지만 혹시 모르니까 2~3일은 최대한 움직이지 말고 있으세요. 그 후로는 아마 평소대로 움직여도 괜찮을 거예요……."

쿠우~웅!

『흑흑흑……. 고맙다, 인간 소녀여……』

그리고 발랑 누워 양팔과 양다리를 쩍 벌린 고룡에게 곤란하다
는 표정을 짓는 마일이었다…….

              *   *

고룡들은 '붉은 맹세'에게 사죄하고 앞으로 절대 '붉은 맹세'를
적으로 삼지 않겠노라 맹세한 후 떠났다.

다만 '적으로 삼지 않겠다'라는 말은 베레데테스를 포함한 이
네 마리에 한한 이야기였다.

과연 이 고룡들은 일족 전체의 일을 결정할 수도, 약속할 수도
없었다. 그것은 당연했고, 문제의 원흉은 '새 지도자'인가 뭔가 하
는 젊은 고룡임을 알고 있는 '붉은 맹세' 멤버들은 그렇게 받아들
이는 것으로 만족해야 했다.

적어도 고룡 일족과의 전면 전쟁이 일어났을 경우, 오늘 만난
네 마리는 거기에 뛰어들지 않고 어딘가로 피해주리라.

얼간이라고 비난받을지도 모르지만, 목숨을 살려줬으니 참을
수밖에.

유적 사건 때의 풋내기(베레데테스가 그렇게 말했다)── 웬스

인가 뭔가 하는 이름의 소년용도 기권해줄지, 아니면 지난번의 설욕전이라는 듯 선두에 서서 돌진해올 것인지⋯⋯. 그리고 셰라라인가 뭔가 했던 그 소녀용은 어떤 태도로 나올지는 알 수 없었다.

하지만 그것도 상식을 분별할 줄 아는 어른 용들이 새 지도자를 잘 달래 컨트롤하는 데 실패했을 경우의 이야기로, 아무리 그래도 인간을 포함한 인간족(엘프, 드워프 등) 전체와의 전면전은 말도 안 되는 소리였다.

어쩌다가 용사가 출현하는 시기가 있는데 거기에 맞아떨어지고 말았다.

이번 용사는 말귀가 통하는 자여서 일방적으로 적대하고 공격한 고룡인데도 죽이지 않고 치유해 준 좋은 녀석이었다.

용사였으니 고룡이 져도 어쩔 수 없었다. 딱히, 일반 인간한테 진 것은 아니니까 문제 될 것 없다.

⋯⋯그런 식으로 잘 수습할 게 틀림없다.

그렇게 믿는 마일 일행이었다.

"⋯⋯그런데 메비스, 그 왼팔 뭔데?"

"맞아! 어떻게 된거죠?"

레나와 폴린이 다소 뾰로통하며 추궁하는 것도 무리는 아니었다. 둘 다 무심코 따지고 들 만큼 걱정하고 있었다.

"아, 아아, 이건⋯⋯."

그렇게 말하며, 도움을 청하듯 마일을 쳐다보는 메비스.

이는 마일의 능력에 관한 것이다.

그리고 당연히 이 역시 '집안의 비전'이겠지. 그러니 아무리 같은 파티 동료라도 다른 사람에게 어디까지 말해야 좋을지 알 수 없었다.

그리고 자세한 것은 사실 자신도 잘 몰랐다.

그래서 설명을 마일에게 몽땅 떠넘길 수밖에 없었다.

그것을 알아차린 마일이 직접 설명에 나섰다.

"저희 집안 비전이에요!"

""""역시⋯⋯.""""

하지만 당연히 그걸로 끝낼 리 없었다.

물론 호기심도 있지만, 앞으로의 전투를 위해서라도 메비스의 몸에 대해 제대로 이해해둘 필요가 있었다.

메비스가 한참 전투 중일 때 갑자기 컨디션이 확 떨어지거나 그 왼팔을 못 움직이게 되기라도 한다면 치명적이다. 그리고 그것은 메비스뿐 아니라 파티 전체의 목숨과 관련된 문제였다.

또 그 이전에, 자기 때문에 메비스가 왼팔 그리고 기사가 되려는 꿈을 잃었다고 생각한 폴린이 사정을 모른 채 납득할 수 있을 리 없었다.

"자세히 설명해!"

"알려줘!"

"나도 이 팔의 사용법(매뉴얼)이라든지 주의사항 같은 걸 자세히 알고 싶긴 한데⋯⋯."

메비스의 말에 어리둥절한 표정으로 그 왼팔을 쳐다보는 레나와 폴린.

이렇게 된 이상 설명해줄 수밖에 없었고 마일도 원래 말해줄 생각이기도 했다. 자세한 이야기를 해주지 않으면 끝날 리가 없다.

"여러분이 아시는 대로 메비스 씨는 고룡의 브레스를 맞아 왼팔을 잃었어요. 지금 있는 팔은 만든 거예요. 인간의 팔과 똑같이 생긴 골렘의 팔을 붙였다고 생각하시면 돼요."

""헉…….""

마일이 또 무언가의 마법으로 회복시켰다고 생각한 레나와 폴린의 표정이 바로 굳었다.

"그, 그럼 메비스의 왼팔은……."

"네, 잘 움직이지만 진짜 팔이 아니라 피가 흐르지 않는 가짜예요. 평범한 의수 따위랑은 차원이 다르니 문제는 없겠지만……."

원래대로 고쳤다고 생각한 폴린에게 마일의 말은 굉장한 충격이었다.

잠시 죄책감에 마음이 짓눌려 있다가 마일의 치유마법 덕분에 나았다고 생각하고 안심했더니, 사실은 그 팔은 가짜였고 진짜 팔을 잃었다는 사실에는 변함이 없었다.

……의수.

기사를 꿈꾸며 남보다 몇 배나 많이 훈련해온 노력파에 착한 마음씨를 가진 파티 리더 메비스.

백작가의 딸로 장차 어느 귀족가 자제와 혼인할 터였던 메비스.

그걸 자신이 전부 망쳐버렸다.

"아……. 아, 아, 아아, 아아아아아……."

눈물을 뚝뚝 흘리는 폴린.

아, 큰일났다, 하고 생각한 마일이었지만, 지금 폴린을 위로해
봐야 괜한 시간만 낭비할 뿐이었다. 그래서 마일은 폴린을 내버
려 두고 이야기를 계속 이어갔다.

"메비스 씨, 팔을 복구하려면 치유마법을 걸어야 하니 그 팔을
뗄게요. 아무래도 절단면부터 조금씩 복구하는 방식이다 보니 시
간이 좀 걸려서요. 아마 한 달 조금 안 될 것 같은데, 그동안에는
조금 불편하겠지만 참으세요."

"엥?"

""에엥?""

"""에에에에에에에에엥?!"""

"""고칠 수 있어어어엇?!"""

"마일이니까 아마 그렇지 않을까 생각했어!"

"마일이니까 어떻게든 해주리라 생각했어요……."

"선택하라고 했을 때 둘 중 하나만 되는 건 줄 알았어, 아하
하……."

마일이니까.

그렇게 해서 모든 문제가 마무리될 터였다.

그런데 메비스가 말을 계속했다.

"하지만 모처럼 이렇게 됐으니까 그냥 이 팔로 있을래."

""""허어어어어어어억?!""""

너무도 예상을 빗나가는 말에 이번에는 마일까지 소리쳤다.

"어, 어째서⋯⋯."

놀라는 마일에게 메비스가 대답했다.

"이 왼팔에 대해 자세히 말해주지 않을래? 성능, 관리법, 망가졌을 때 고치는 방법, 기타 여러 가지를, 전부."

"네, 네에⋯⋯. 외관은 진짜 팔과 별반 다를 게 없어요. 오른팔을 참고해서 만들었거든요. 재질은 뼈나 근육과 흡사하게 만들었고, 진짜 팔보다 더 튼튼하고 강한 힘을 낼 수 있어요. 평소에 관리할 필요는 없고, 망가지면 마법의 힘으로 자동 복구돼요. 완전 방수여서 우천 시에는 물론 목욕할 때나 수영할 때도 아무런 문제가 없어요. 그리고 '메비스 씨의 검과 같은 처리'를 해두었답니다."

관리와 복구는 전속 나노머신이 맡아서 해준다.

그리고 마일의 마지막 말은 메비스밖에 알 수 없는 설명이었다.

검과 같은 처리. 그 말인즉슨 메비스의 기가 흐르기 쉽게 해두었다는 이야기로, 메비스가 '기공술에 의한 기의 방출'을 할 때 활용할 수 있다는 것이었다.

이제 검이 없어도 '윈드 엣지'를 쓸 수 있다. ⋯⋯연습한다면.

"역시 원래 팔보다 힘이 세진 건가. 고룡을 벴을 때 왠지 그렇지 않을까 생각했었어. 그리고 시연했을 때, 왼손만으로 검을 다뤘을 때도 진짜 팔보다 훨씬 빠르고 정확하게 움직이는 것만 같은 기분이 들었어. ……마일. 분명히 말해서 이 팔은 내 원래 팔보다 성능이 좋은 거지? 그것도 아주 많이……."

그 말대로였다.

마일이 지시하고 나노머신이 제작한 '메비스 팔을 대신해줄 것'으로, 기합을 잔뜩 넣어 만들었다. ……그렇다, 원래 팔의 몇 배나 되는 성능을 갖추도록.

"네, 네에, 일단은……. 그 팔을 단 메비스 씨는『금화 6,000닢(600만 달러)의 가치가 있는 여성』이라고 할 수 있을 정도로 만들었으니까요……." (1970년대에 방영된 외화『600만 달러의 사나이』의 패러디)

마일의 대답에 메비스가 씨익 웃었다.

"역시……. 이렇게 된 거 난 이대로 이 팔을 계속 쓸게. 그게 더내 꿈을 실현하는 데 가까워질 수 있을 것 같으니. 그래도 딱히상관없지? 마일."

"아……, 으, 으음, 뭐, 메비스 씨가 그래도 좋다면, 상관없다면, 상관없지만……."

일시적으로 쓸 팔이라고 생각했던 마일은 당혹스러웠지만 계속 쓴다고 해서 상황이 나빠질 일은 없었다. 조금 미묘한 표정이기는 했어도 그렇게 받아들였다.

【해냈다~~~!!】

그리고 환희에 차 소리치는 왼팔 정비 전속 나노머신들.

그냥 임시방편이라고 생각했는데, 생각지도 못했던 임기 연장이었다.

임시방편 그리고 간접적이기는 하지만, 권한 레벨 5인 소녀에게 도움이 될 기회를 잡고 기뻐하지 않을 나노머신은 없다.

마일과 함께 행동할 수 있는 기쁨에 전율하는 전속 나노머신들이었다.

"".............""

그리고 복잡해 보이는 얼굴인 레나와 폴린.

"뭐, 딱히 상관은 없지만……."

"괜찮겠지만요……. 메비스가 원한다면, 언제든…… 한 달은 걸린다고 하니…… 언제든지 원래 팔로 되돌릴 수 있다면……."

그리고 폴린은 어떤 사실에 생각이 미치자 화들짝 놀랐다.

"서, 설마, 메비스, 『더 고성능인 몸으로』 같은 생각 때문에 일부러 적한테 오른팔이랑 두 다리까지 베이거나 하지는 않겠죠……?"

그 말을 듣고 순간 '그런 방법이 있었네!' 하는 표정을 짓는 메비스였지만, 어이없어하며 자신을 물끄러미 쳐다보는 마일 일행을 보고 고개를 가로저었다.

"……아무리 그래도, 그건 아니지……."

제79장   B등급 파티

고룡 사건이 일단락된 후, 사냥이나 채취를 할 시간이 충분히 남아있었지만, 마일 일행은 그대로 왕도로 돌아왔다.

"피곤해요……."

평소에도 그다지 피로를 느끼지 않는 마일이지만 오늘은 정신적으로는 지쳐있었다. 밤샘할 때 별로 졸리지 않아도 왠지 피곤해서 침대에 눕고 싶은 것과 비슷했다.

……그래서 누우면 그대로 잠들어버리고 말지만.

여하튼 '대 고룡전 Mk-Ⅱ'는 힘들었다. 보수도 공적 포인트도 없는 완전한 공짜 노동이었다는 것도 피로감에 박차를 가했다.

"피곤하다……."

"지쳤어……."

"지쳤어요……."

레나, 메비스, 폴린도 상당히 피곤해하는 모습.

"아아, 느긋하게 욕탕에 몸 담그고 싶다……."

마일이 그렇게 말했지만 '레니 짱의 여인숙'과 달리 C등급 헌터가 흔히 묵는 숙소에 목욕탕 같은 게 있을 리 없었다. 기껏해야 정원에 있는 우물물을 끼얹거나 방의 세면대 물 혹은 끓인 물을 수건에 적셔 몸을 닦는 정도였다. ……보통은.

'붉은 맹세' 멤버들은 청정마법으로 몸과 옷에 밴 땀과 먼지들을 분해해서 제거할 수 있으므로 씻는다는 의미로는 목욕할 필요가 없었지만, 탕에 느긋하게 몸을 담그면 정신 힐링도 되고 미용 면에서도 좋은 느낌이었다. 모공이 열리거나 노폐물과 블랙헤드를 제거하거나…….

아무래도 '오염 제거'라는 이미지만으로는 나노머신이 블랙헤드나 각질을 '신체의 일부'로 인식하는 듯해서 레나 일행의 청정마법으로도 그것까지는 처리할 수 없었다.

물론 지식이 있는 마일은 그 부분도 의식해서 이미지를 그리기 때문에 코 피지도 팔꿈치와 발뒤꿈치의 각질도 깨끗하게 제거하고 있었지만, 다른 사람은 그게 제거되지 않았다는 사실을 몰랐기 때문에 딱히 충고하지 않았다.

여하튼 오늘은 피곤해서 뜨끈뜨끈한 탕에 몸을 담그고 싶은 기분인 네 사람이었다.

"……숙소를 바꿀까요? 오늘 밤은 욕탕이 있는 여인숙으로…….'

"그, 그래도 될까?"

폴린의 말에 메비스가 믿을 수 없다는 표정을 지었다.

폴린이 사치 부리자는 제안을 먼저 꺼내는 것은 무척 드문 일이다. 폴린도 꽤 많이 피곤했던 모양일까…….

"결정! 오늘 밤은 욕탕 있는 여인숙에서 묵기!"

폴린의 마음이 변하기 전에 레나가 얼른 숙소 변경 결정을 선언했다.

장기 체재하는 것도 아니고 의뢰에 따라 하룻밤 만에 나서야 할 수도 있기 때문에 숙박요금은 1박마다 치렀고, 마일의 아이템 박스(수납마법)가 있는 '붉은 맹세'는 짐을 숙소에 둘 필요가 없어서 지금은 매번 체크아웃하고 있었다. 그래서 숙소를 바꾼다고 해도 그저 단순히 어젯밤과 다른 여인숙에 묵는 것일 뿐이라 별로 어려운 것도 없었다.

"오예~!"

마일이 뛸 듯이 기뻐했고, 모두 곧바로 숙소 선정에 들어갔다.

결과적으로 도중에 돌아왔기 때문에 아직 중천……이라고 할까, 아직 정오 전이었다.

고룡과 만난 것은 '붉은 맹세'가 숲에 들어가자마자, 그러니까 일할 장소에 도착하고 바로였으니까…….

*　　*

"여기, 어때?"

레나가 그렇게 말하며 멈춰선 곳은 대로변에 있는, 꽤 고급스러운 여인숙이었다.

물론 왕후 귀족이 묵을 만한 곳은 아니다. 그런 여인숙은 격이라는 게 있어서 분위기나 숙박객의 안전, 기분 등도 중시하기에 아무리 돈을 내겠다고 해도 평민과 헌터 등을 받아주지 않는다.

당연히 간판에 그렇게 적혀 있는 것은 아니라, 대상 외의 손님이 찾아오면 아무리 방이 비어있어도 '만실입니다' 하고 나오면서 은근히 무례한 태도로 쫓아내곤 했다.

현대 일본에서도 그런 고급 호텔이나 료칸은 얼마든지 있기에, 어느 세계라도 지극히 일반적인 일이었다.

그런고로 초고급은 아니지만, 욕탕이 있는 정도의 고급.

헌터라면 B급이나 A급이 묵을 법한 느낌이었다.

……S급? S급 헌터는 사실상 귀족이나 마찬가지다. 웬만한 남작보다 훨씬 정중한 대우를 받는다. 지위 면에서도, 위험도 같은 면에서도…….

"욕탕 완비라고 적혀 있네요. 여기로 할까요?"

숙소를 구하는 도중에 식사를 마쳤기 때문에 벌써 오후 무렵. 조금 이르긴 했지만, 오늘의 숙박객을 받기 시작할 시간대였다.

"4인실 있나요?"

메비스가 프론트에 그렇게 묻자 빈방이 있다고 하여 무사히 체크인에 성공했다.

신입 헌터로 보여도 딱히 되돌려 보내거나 싫은 기색을 보이지 않아, 종업원 교육이 잘 되어 있는 모양이다.

……아니, 어쩌면 '붉은 맹세'가 예쁜 소녀들이어서 그런 것이고, 만약 그들이 꾀죄죄한 소년 파티나 홀아비 냄새 폴폴 풍기는 아저씨 파티였다면 '죄송하지만 만실입니다' 하고 나왔을지도 모르지만…….

왕도의 고급 여인숙인 만큼 아무래도 가족이 경영하는 소규모 숙소처럼 10살 미만의 어린아이가 카운터에 서 있거나 하지는 않다. 카운터는 스무 살 전후로 보이는 청년이 보고 있어서, ……마일은 '쳇!' 하고 몰래 혀를 찼다.

"잠깐 눕지 않을래요……?"

과연 씻기에는 아직 이른 시각이었다. 욕탕을 쓸 수 있는 것은 저녁 전부터였다.

그래서 방에 들어간 후 다들 레나의 말을 받아들여 각자 침대에 누웠다. 잠옷으로 갈아입은 것도 아니어서 이불 속으로 파고들지는 않고 이불 위에 바로 몸을 눕힐 뿐이었다.

그래도 피곤한 탓인지 다들 곧 단잠에 빠져들었다.

*　　*

"……나, 마일……."

"으음……."

마일이 눈을 뜨자 레나가 자신의 어깨를 잡아 흔들고 있었다.

"식사 시간이야. 슬슬 식당에 가지 않으면 저녁 못 먹는다고."

"허어억?!"

그것은 아주 중요한 문제였다. 출력이 대단한 만큼 연비가 나쁜 마일은 식사를 건너뛰는 것을 용납할 수 없었다. ……체구가 아담해 체력이 별로 없는 마술사 레나가 마일과 비슷하게 연비가 나쁜 이유는 불분명했다. 성장기도 아닐 텐데…….

"……잠깐만!"

서둘러 방을 나서려는 마일을 레나가 붙잡더니 엉클어진 머리를 빗겨주었다.

순간 전생의 여동생이 떠올라 살짝 미소 짓는 마일이었다.

식사는 평소보다 조금 더 비쌌고, 평소보다 조금 더 맛있었다.

"으~음, 등급이 좀 높은 식자재를 썼네요. 향신료도 들어간 것 같고…….'

밥을 먹으며 고개를 끄덕이는 마일.

귀족 전용인 초고급 숙소는 아니기에 눈알이 튀어나올 만큼 비싼 가격은 아니었다.

뭐, 이런 것이리라. 일반 숙소나 식당의 요리라면 마일이 야영 때 만드는 요리 쪽이 훨씬 호화롭고 맛있다. 그래서 '붉은 맹세' 멤버들은 숙소나 식당에 나오는 요리에 과도한 기대를 품지 않았다.

"75점."

"72점."

"78점."

마일 이외의 세 사람이 작은 목소리로 점수를 읊었다.

딱히 숙소나 요리사를 무시하거나 모욕할 생각은 아니었으므로 동료들만 들리도록 작게 중얼거렸을 뿐이다. 점수가 제일 짠 사람은 폴린, 후한 사람은 메비스였는데 대체로 모두의 평점은 비슷했다.

……참고로 마일은 요리를 점수로 평가하지 않았다.

마일은 요리에 점수를 내놓는 걸 좋아하지 않았다. 요리나 예술 같은 것은 받아들이는 사람에 따라 호불호가 갈리고 받는 감동이 다른 법이다. 딱 잘라 몇 점이라고 할 수 없다. 물론 동료들에게 강요하지는 않았지만.

"하하하, 아가씨들, 아직 어린데 입이 지나치게 고급이네!"

"""""엥?"""""

마일 일행이 목소리가 들린 쪽으로 돌아보자, 옆 테이블에 헌터 파티로 보이는 다섯 명이 있었는데 그중 수염 난 남자가 이쪽을 보며 웃고 있었다.

"누구시죠?"

"아아, 미안 미안, 난 그냥 우연히 옆자리에 앉은 헌터야. 아니, 아가씨들이 어린 나이에도 이런 여인숙을 이용하니까 말이지, 좀 신경 쓰여서 지켜보고 있자니, 꽤 맛있는 이 집 요리를 혹평하기에 나도 모르게 말을 걸고 말았네. 미안하게 됐어."

마일의 물음에 그렇게 대답하며 웃는 수염 난 헌터. 나이는 서른을 조금 넘겼을까.

그리고 그 모습을 어이없는 표정으로 지켜보는 네 명의 남녀 동료들.

이 여인숙을 이용하는 것을 보아 꽤 수입이 좋은 파티이리라.

이곳에 묵는 헌터는 보통 B등급 이상으로, C등급이 이 정도 수준의 숙소를 평소에 묵는다면 꽤 좋은 단골(지명 의뢰 고객)이 있거나 귀족이나 부자가 리더인 이른바 '젊었을 때 즐기고 싶은 파티',

그것도 아니면 '놀이나 접대용 파티' 정도였다.

아니, 물론 귀족이나 부자 중에도 정말 진지하게 헌터를 꿈꾸는 사람은 있지만, 그런 사람들은 평소 생활비를 스스로 벌려고 하기에 이렇게 비싼 숙소에 머물지 않는다. 자기 실력으로 B등급 이상에 올라간 자들을 제외하면.

그리고 이 사람들은 모두, 아무리 봐도 귀족이나 부자인 상인 아들 같지 않았다.

무기는 방에 놓고 왔는지 다들 빈손이라 포지션을 알 수 없었지만, 외모로 보자면 전위로 보이는 남자 둘, 중위 혹은 후위로 보이는 남자 하나, 그리고 후위 같은 여성이 둘 있었다. 모두 20대 후반에서 30대 중반 정도로 균형 잡힌 전형적인 파티 구성이었다.

……아니 물론 근육맨이 마술사라거나 왜소하고 가녀린 여성이 검사일 가능성도 없지는 않지만…….

그렇다는 것은 놀이용이나 접대용 파티가 아니라 상당히 실력 있는 파티라는 뜻이리라. 그들도 악의가 있어 그런 게 아니라 그저 한 뼘 성장한 신입 파티에 조금 참견했을 뿐이었다.

정말 실력 있는 자들은 여유가 있어서 자신보다 아래 등급인 자들에게 시비 걸거나 괴롭히지 않는다. 그런 것은 자신감이 없어서, 젠체하지 않으면 무시당할 것만 같아 불안한 약자들이나 하는 행동이다.

"미안, 우리 바보 녀석이 멋대로 말을 걸어서……. 하지만 신인이 무리해서 이런 비싼 데 묵어선 안 돼. 아무리 값싼 여인숙은 욕탕이 없거나 이상한 남자가 치근덕거린다고 해도, 부족한 파티

자금을 이렇게 낭비하면…….”

“그리고 여기 요리가 70점대라니, 평소에도 너무 사치를 부리잖아! 돈을 모으고 아니고를 떠나서 장기 야영에 못 버틴다고. 그 돌처럼 딱딱한 빵, 맛이 밋밋한 건조 분말 수프, 향신료도 제대로 뿌리지 않은 육포 따위를 몇 주간이나……. 여하튼 신입이 무리해서 이만큼 성장한 게 영 탐탁지 않아. 자기 분수를 아는 게 중요하다고!”

마술사로 보이는 여성과 검사 혹은 창사로 보이는 남자가 ‘선배들의 충고’라는 식의 말투로 충고했다.

물론 후배를 생각해서 하는 말이라기보다는 노골적으로 ‘어린 애들을 가르치는 나, 멋있어!’ 같은 자아도취를 위한 퍼포먼스였다.

아니, 물론 신인을 위하는 마음이겠지. 아마 둘 다 그리 나쁜 인물은 아니리라.

……다만, 그 잘난 척하는 표정이 좀 꼴 보기 싫었다.

찌릿……

레나는 짜증이 나 있었다.

제멋대로 이야기에 끼어들어서는, 뭐라도 되는 듯한 표정으로 엉뚱한 잔소리.

‘절벽 가슴이라고 부르기’, ‘이름에 짱 붙이기’, ‘머리 쓰다듬기’에 이어 레나에게 금기사항인 ‘위에서 내려다보며 하는 잔소리’를 했기에 레나가 화내지 않을 리 없었다.

"……쓸데없는 오지랖이야!"

"""""엥…….""""""

보통 이런 소릴 하면 신입 소녀들은 대선배의 충고에 감사하단 인사를 했을 터

B등급이 된 후부터 그런 패턴이 많아서 '후배들을 지도해주면 고마워할 것이다'라고만 생각했던 그들은 레나의 예상치 못한 반응에 깜짝 놀랐다.

그리고 짜증내는 레나를 늘 달래고 자제시키는 역할을 맡는 메비스, 폴린 그리고 마일 세 사람은…….

찌릿찌릿찌릿찌릿……

화가 나 있었다.

죽음을 각오하고 친구의 팔을 잃게 만들고 구사일생하여 완전히 지친 몸으로 귀환.

겨우 그럭저럭 맛있는 요리를 먹으며 동료들끼리 즐겁게 환담을 하고 있는데, 얼굴도 모르는 사람들이 우월감을 맛보기 위해 남의 대화에 끼어들어서 갑자기 뜬금없는 잔소리를 날렸다.

과연 성격이 온화한 메비스와 마일도 화가 나는 건 어쩔 수 없었다.

폴린? …………하하하.

"마일, 이게 예전에 네가 말했던 『꼰대』라는 거야?"

설마 했던, 메비스의 막말이었다. 그것도 서른 전후의 여성 둘을 포함한 파티 입장에서는 상당히 신랄한⋯⋯.

"헌터는 실력과 실적이 전부. 외모와 돈 쓰는 방법을 가지고 남을 무시하다니, 상대의 능력을 파악할 수 없는 자나 하는 짓이죠. 그만한 돈을 가지고 있으니까 그만큼 쓰는 것뿐이라는 걸 모르고, 모든 일을 자기 기준으로 재려고 하는 사람들이나 하는 소리라고요."

폴린, 아무래도 자신들의 돈 운용법에 딴지 건 것이 참을 수 없었던 모양이다.

그리고 마일은⋯⋯.

"멍청이 같은 말과 행동이 용납되는 건 어릴 때만이죠. 스무 살이 넘어서, 아, 아야야야야얏⋯⋯."

가차 없었다.

마일은 머리 회전이 빠르고 말장난을 좋아했다. 그런 마일이 진심을 담아 남을 비난하려고 마음먹으면 캘리포늄 핵탄두 같은 위력을 지닌 말이 마치 자동소총과 같은 발사 속도로 날아가게 되리라.

⋯⋯운이 나빴다고 할까, 타이밍이 나빴다고 할까⋯⋯.

원래 같으면 레나 이외에는 거칠게 나올 리 없었다. 아무리 짜증이 나도 상대에게 딱히 악의가 있었던 것은 아니니까. 기껏해야 애교 섞인 웃음을 지으며 고개 숙여 사과하고 레나를 달래는 선에서 그쳤으리라.

하지만 지금은 몸도 마음도 완전히 지쳐있는 상태였다. 짧은 수면으로 몸을 조금 쉬었어도, 아직 피로가 남아 예민해진 마음을 동료들과의 시시콜콜한 잡담으로 푸는 무척 소중한 시간이었다. 남이 보기에는 그저 단순히 동료끼리 평소에 나누는 대화로만 보였을지 몰라도…….

요컨대 옆 테이블의 헌터들은 새끼고양이의 턱을 긁어 주려던 의도였지만, 사실은 새끼고양이가 아니라 손바닥 위에 올릴 수 있는 다 큰 호랑이(초소형 호랑이)였으며 손을 댄 곳이 용으로 비유하자면 '역린'이었다.

그야말로 '들개에게 물린' 수준의 불운.

하지만 굳이 먼저 다가와 손을 뻗은 것이니 물려도 불평할 입장이 못 되었다.

"""""………….""""""

별로 나쁜 뜻이 없었는데도 예상하지 못한 반격을 받고 큰 데미지를 입은 헌터들.

……특히 서른 무렵으로 보이는 두 여성이 받은 데미지가 막대했다.

여기가 일반적인 여인숙이었다면 격노한 헌터들이 자리를 박차고 일어나겠지만, 그래도 고급 여인숙에 묵고 있는 '여유로운 상급 헌터'들은 자신들이 쓸데없이 참견해, 지기 싫어하는 젊은 헌터들의 기분을 망가뜨렸다는 자각이 있었는지 그대로 조용히 물러났다.

신입 헌터의 폭언에 대한 베테랑 헌터의 태도로 보면 무척 관대하고 어른다운 대응이었다.

식당에 있는 다른 손님들 대부분은 주로 다른 도시에서 온 인망 좋은 상인들이었다. 그들은 기가 꺾인 헌터들의 모습이 너무 불쌍하게 느껴져 고개 숙인 채 묵묵히 식사를 이어갔다.

""""아………….""""

조금 화가 식어 주위를 둘러본 레나 일행은 자신들이 내뱉은 실언을 알아차렸다.

딱히 시비 건 것도 아닌데 자신들의 기분이 안 좋았다는 이유만으로 심한 말을 퍼붓고 말아 다른 사람들에게 불쾌감을 주었다. 그것도 모두 즐거운 한때를 맛봐야 할 식사 자리에서 말이다.

그것은 식사 시간을 중요하게 생각하는 마일의 방침에 어긋났고 물론 다른 세 사람에게도 창피한 행위였다.

""""죄송합니다………….""""

풀이 죽어 사과하는 네 사람.

헌터들도 가볍게 한 손을 들었다.

"아니, 우리야말로 좀 무신경했어. 미안하다…….."

아무래도 험악한 사이가 되지 않고 무사히 화해된 듯했다.

"그럼 사과의 뜻으로, 이것을……."

자리에서 일어나 헌터들에게 다가간 마일이 요리가 담긴 접시를 아이템 박스에서 몇 가지 꺼내 테이블 위에 두었다.

"가열 마법!"

그리고 처음부터 따끈따끈하면 이상하게 여기리라는 생각에 방금 마법으로 재가열한 것처럼 꾸미는 마일. 말만 했지 실제로는 아무 마법도 걸지 않았다.

"수납마법?"

헌터 중 한 사람, 제일 처음 마일에게 말 걸었던 남자가 놀란 목소리로 말했다.

"수납마법 보유자라면 용량이랑 쓰기에 따라서는 돈을 꽤 많이 벌겠는데……. 아, 미안하다, 정말로……."

돈을 낭비한다고 나무랐던 두 사람도 멋쩍은 표정이었다.

식당에서 다른 음식을 꺼내는 것은 매너가 아니지만, 이 헌터들은 이미 시킨 요리를 거의 다 먹은 상태였고 앞으로 추가 주문할 생각도 없었다. 게다가 아주 조금 맛을 보여주는 것일 뿐이어서 이 정도는 여인숙 사람들도 관대하게 봐주리라고 제멋대로 생각한 마일의 판단이었다.

그렇다, 마일은 사실 승부욕이 몹시 강했다. 그래서 자기 쪽이 잘못했다고 생각하면서도 무시당한 부분은 확실히 갚아주고 싶었다. ……사과하는 척하면서.

우선 어차피 길드에서도 숨기지 않기 때문에 이곳에서 공개해도 문제 되지 않는 수납마법의 제시.

이렇게 해서 '붉은 맹세'가 돈에 쪼들리는 가난한 파티가 아니라는 사실을 증명할 수 있다.

그리고 다음으로 마일이 만든 요리의 테이스팅(시식).

이렇게 해서 조금 전에, 이곳 요리를 평가했던 것이 아마추어가 뭐라도 되는 척 아무렇게나 대충 말한 게 아니라는 사실을 증명하는 것이다.

……사과하는 척하면서.

"……그런데 가열 마법이라니?"

"가열해서 요리를 데우는 마법이에요."

"아니, 그 정도는 안다고……."

일부러 엉뚱한 대답을 하는 마일. 얼버무리려고 한 설정인데 하나부터 열까지 설명할 필요는 없다.

마일에게 설명할 의사가 전혀 없음을 깨달은 여성은 단념하고 마일이 꺼낸 접시 위 요리를 집었다.

"……!!!!!"

눈을 커다랗게 뜨고, 같은 음식에 다시 포크를 꽂으려 하는 여성을 마일이 막았다.

"맛만 보시는 거예요. 배 불리 먹기 위한 요리로 내버리면 이 가게에 영업 방해가 되어버리니까! 그리고 다른 사람이 맛을 못 보게 되어버리고, 애당초 그것만 먹으면 다른 요리 맛을 볼 수 없게 되어버리니까!"

마일의 말에 수긍했는지 뚱한 표정으로 포크를 쥐었던 손을 거두는 여성 헌터.

"……이, 이 요리는?"

"바위도마뱀 튀김이에요. 미리 손질해둔 바위도마뱀 고기에 제가 만든 특제 조미료를 뿌리고, 열풍마법을 써서 가열해 요리한 거랍니다."

"뭣, 마법으로 요리했다고?!"

이번에는 남성들 사이에서 감탄사가 터져 나왔다.

"마법으로 아궁이 밑 장작에 불을 붙이는 거라면 모르겠지만, 마법으로 계속 가열해서 요리를? 그런 어마어마한 마력을 구사하는 마술사가 있을 리⋯⋯, 아, 여기 있는 건가⋯⋯."

말하면서 급격하게 톤 다운되는 남성 헌터.

그리고 힘없이 튀김을 포크로 찔러 입으로 가져갔다.

"음? 으⋯⋯, 으음, ⋯⋯음? 뭐야, 이거어어어어언~~~!!"

다시 생생해진 남성 헌터.

"육즙이 많고, 따끈따끈하고, 바삭바삭해! 기름이 줄줄 흐르는 것도, 너무 익혀서 퍽퍽해진 것도, 너무 구워 질겨진 것도 아니었고, 향신료를 가미한 고급스러운 매운맛이 은근하게⋯⋯. 뭐야, 이거, 도대체 뭐냐고! 이런 걸 먹으니 여기 요리에 70점대밖에 안 주는 것도 당연하지!"

'좋았어, 미션 컴플리트(임무 완료)!'

마일은 목적을 이루어 만족스러운 듯했다.

"다른 요리도 맛보게 해줘!"

마일의 말에 다른 접시의 요리에도 손을 뻗는 헌터들.

"뭐야⋯⋯."

"이, 이거⋯⋯."

"맛있어⋯⋯."

점점 터져 나오는 감탄사와 찬사.

'그래그래, 그렇지, 그렇지⋯⋯.'

풋, 하고 코웃음 치는 마일과 어이없다는 표정으로 그런 마일을 쳐다보는 레나 일행.

그리고 마일이 문득 알아차렸을 때는.

"우왓!"

어느새 다른 손님들이 자리에서 일어나 마일과 헌터들을 에워싸고 있었다.

"무, 무슨 일……."

멈칫하는 마일에게 그들 중 한 사람이 부탁했다.

"미안한데, 우리도 맛을 좀 보여줄 수 없을까……. 물론 돈은 낼게!"

그리고 고개를 마구 끄덕이는 다른 손님들.

"아, 아니, 그 정도로 규모가 커지면 가게 분들께 죄송……."

마일이 그렇게 말하며 거절하려고 했을 때, 뒤에서 목소리가 들려왔다.

"괜찮아요. 지금 계신 손님분들은 이미 저희 쪽 주문을 마친 분들밖에 없으셔서요. 단 저희도 시식하게 해주신다는 조건이 있습니다만……."

겉모습이 누가 봐도 이곳 요리사였다. 게다가 하는 말을 보아 이곳의 책임자, 그러니까 총주방장인 것 같았다.

여기서 물러났다가 방금 꺼낸 시식 요리에 대해 비난받으면 할 말이 없다.

달아날 곳이 막혀버렸다…….

"으윽……. 그, 그럼 요리사님은『음식물 반입 값이랑 상쇄』해

공짜로. 다른 손님분들은 조금 전 저희가 소란 피운 것에 대한 사죄랑 대가 차원에서 역시 공짜로 제공할게요. 사용한 식자재랑 향신료가 필요하신 분은 나중에 나눠드리는 것도 가능해요. 물론 그건 유료입니다!"

그렇다, 시식 요리로 잔잔한 돈을 벌어들이는 것은 마일의 성미에 맞지 않았다. 잡은 사냥감이나 전매품이 아니라 자신이 만든 요리는 맛있다고 해주고 기뻐해 준다면 그것으로 충분했다.

하지만 폴린이 무서워서 일단은 장사치처럼 말해두는 마일이었다.

한편 이렇게 인원이 많으니 지금 테이블에 있는 요리만으로는 부족하겠다고 생각한 마일은 아이템 박스에서 추가 요리를 꺼냈다. 야외 활동으로 시간이 없을 때 대비해 한가할 때 조금 많이 만들어둔 요리를 꽤 비축해두었기 때문에 재고는 충분했다. 시간 흐름이 없는 아이템 박스 덕분이다.

"""""헉………….""""""

그리고 추가로 나온 요리를 보고 말을 잃은 손님들과 요리사.

수납 보유자라는 사실은 조금 전에 봐서 이미 알고 있었고, 이 정도 양이면 평균적인 수납 보유자가 수납해도 이상하지 않았다.

하지만 조금 전에는 직접 보지 않아 알아차리지 못했거나 그냥 넘겨버린 것, 즉 '접시에 담긴 요리가 흘러내리지도 않고 그대로 나왔다'는 부분. 그리고 이번에는 마일이 '가짜 가열 마법 주문'을 깜박하고 외지 않았는데 요리가 따끈따끈한 상태로 수납에서 나오는 것을 그대로 다 목격하고 말았다.

""""아⋯⋯⋯.""""

레나 일행은 마일의 실수를 알아차리고 신음했지만, 마일 본인은 자신이 저지른 실수를 아직 전혀 눈치채지 못했다. 그리고 그 사실을 레나 일행이 지금 이 자리에서 지적할 리도 없었다. 그렇게 하면 오히려 주의만 더 끌 뿐이다.

그래서 레나 일행은 그냥 넘길 수밖에 없었고 손님들 역시 각자 생각은 있었겠지만, 마일과 요리 접시를 응시하면서도 그대로 아무 말 없이 패스했다. 과연 고급 여인숙에 묵는 사람들다웠다. 이곳이 싸구려 여인숙이었다면 시끄럽게 야단법석을 부리는 손님들 때문에 지금쯤 카오스 상태에 빠졌을 것이다.

이 손님들은 여기 여인숙의 단골인 B등급 헌터들이 절찬한 요리를 먹고 싶다는 호기심이 있었던 것은 물론이지만 그게 전부였다면 식사 도중에 자리에서 일어나 남의 테이블에 머리를 들이밀지 않는다. 상인 중에서 말단, 행상인들과는 다른 것이다.

그럼 왜 그렇게, 평소라면 하지 않을 비매너 행위를 아무렇지도 않게 저지르고 만 것일까.

⋯⋯물론 그건 돈 냄새를 맡았기 때문이었다.

아무리 평판 높은 대규모 상회의 주인이라 할지라도. 그리고 귀족이나 저명한 인물과 교류할 수 있는 신분이 되었더라도. 그래도 돈을 위해서라면 다소 비매너적이거나 낯부끄러워지는 행위도 아무렇지 않게 한다. 초심을 잃지 않고.

그것이 능력 있는 상인인 법이었다.

"이, 이것은……."

"흠, 이 부근에는 없는 향신료군요……."

"조리법도 독특해요. 이국의 요리인 걸까요……."

헌터들을 밀어내고 마일이 낸 요리를 하나둘 시식하는 손님들. 아무래도 대부분은 역시 상인인 모양이었다.

그 지역 사람들은 여인숙 같은 데 묵지 않고, 일하기 위해 왕도를 찾아오는 사람들은 보통 더 싼 여인숙에 묵는다. 돈 벌러 와서 쓸데없는 사치를 부려 돈을 낭비하는 자가 어디 있겠는가.

그래서 그 정도 돈은 개의치 않는 자, 푼돈보다는 안전하고 쾌적함 쪽을 우선하는 자, 자신의 지위와 신뢰를 유지하기 위해 비싼 여인숙에 묵는 것도 일이며 필요 경비라고 여기는 자들은 다른 도시에서 거래를 위해 왕도를 찾아온 그럭저럭 수완 좋은 상인들이었다. ……그런 곳을 단골로 삼은 상위 등급 헌터 등을 제외하면.

"음? 이 요리는……."

"아, 그건 사슴 내장을 향신료랑『쇼유』라는 조미료로 조린……."

"맛있기는 확실히 맛있네요. 하지만 고작 내장에 고가의 향신료를 이렇게 쓰다니……."

상인으로 보이는 사람의 어이없어하는 표정에 마일이 설명했다.

"아, 거기에 쓴 향신료는 그냥 매울 뿐이고 맛에 감칠맛이나 깊이 같은 것은 전혀 없는 싸구려예요. 그래서 맛을 조절하기 위해 이것저것 섞어서 약점을 보완했는데, 그게 수고가 좀 들어서……. 그 대신 원가는 싸지만요, 아하하……."

찌릿!!

"""""히익!"""""

'붉은 맹세' 일동, 그렇다, 그 폴린마저도 무심코 작게 비명을 내지르게 되는 상인들의 시선. ……그렇다, 사람을 죽일 것 같다는 표현이 딱 어울리는 살기 어린 시선이었다.

마일은 자신이 지금 상인들에게 무슨 말을 해버렸는지, 잘 이해하지 못한 듯했다. 그, 처음으로 폴린의 핫 마법에서 캡사이신을 추출했을 때의 그 위험성에 대해서는 자기 입으로 언급해놓고서…….

……그렇다, 자신의 요리가 '붉은 맹세' 동료 이외에, 그것도 맛있는 음식에 익숙할 상급 헌터나 중견 이상의 상인들에게 먹혀들었다는 사실에 기분이 좋아져 요리를 자랑하는 데 너무 정신이 팔린 나머지 경계심이 흐트러져버리고 만 것이다.

아무리 전생 때 머리가 좋았다고는 하나 그건 공부 머리지 대인적인 소통이나 상대의 심정을 헤아리는 방향은 서툴렀던 마일에게 그것은 무리도 아닌 실패였다.

"""""""재고 전부를, 얼마에 양도해주실 수 있습니까?"""""""

찌리이잇!!

동시에 말을 내뱉으면서 그 순간 서로를 노려보는 상인들.
"무, 무서워!"

"이러지 마세요……."

레나와 메비스가 주춤했다.

그리고 폴린은 과연 소리 내지는 않았지만, 낯빛이 다소 어두워졌다.

천하의 폴린이라도 수완 좋은 상인들이 진심으로 드러내는 살기에 응수하는 것은 정신적으로 도저히 힘든 모양이었다.

"아, 거래와 관련된 이야기는 나중에 폴린 씨를 통해서……."

그리고 폴린의 심정을 헤아리지도 못하고 태연히 폴린에게 공을 넘긴 마일.

아니, 마일 입장에서는 당연한 행동이었고 딱히 하나도 이상할 것 없었지만…….

"아니, 그나저나 맛있는 것도 대접받고 참 고맙구나."

그때 분위기를 읽은 듯한 한 헌터…… 처음에 '붉은 맹세'에 말건, 파티 리더로 보이는 남자가 마일에게 말했다.

"내일은 살아서 돌아갈지 어떨지 알 수 없는 일을 해야 하거든. 이렇게 맛있는 것을 먹었으니 이게 마지막 저녁 식사라고 해도 여한이 없다. 정말 만족스러운 식사였어. 고마워, 아가씨들……."

"""""네?"""""

상급 헌터가 전쟁이나 마물의 스탬피드(폭주)가 일어난 것도 아닌데 '살아 돌아갈 수 있을지 알 수 없는 일'을 받을 리 없다. 그런 것을 다 받는다면 목숨이 몇 개라도 모자랄 것이다. 지명 의뢰라도 거부하면 될 일이었다.

"어, 어째서……."

그렇다, 레나가 그렇게 묻는 것도 무리가 아니었다.

"아아, 아까 받은 지명 의뢰를 거절하기 힘들어서 말이야. A등급 이상인 파티는 부재중이고, 다른 B등급 파티는 위험한 낌새를 느꼈는지 길드에 코빼기도 비치지 않아서……. 뭐, 잘못하면 왕도를 포함한 주변 도시와 마을 그리고 국가 자체가 사라질지도 모르는 긴급 사태야. 그런 지명을 받았으니 B등급 헌터 된 도리로 거절할 수 없지. 처지와 의지와…… 그리고 신념을 걸고 말이야!"

"""……………."""""

마일 일행은 이해하고 말았다.

이해하기에 아무 말도 할 수 없는 '붉은 맹세' 멤버들.

파티의 다른 멤버들도 태연하게 웃으며 시식 요리를 계속 집어먹고 있었다.

아마 상황을 모르고 어쩌다 얼굴을 내비친 길드에서 그대로 붙잡혀 강요받았을 길드의 지명 의뢰. 거절하려고 마음만 먹으면 거절할 수 있었을 터다.

하지만 의지와 자긍심을 걸고 받아들였다.

'붉은 의뢰'라는 것을 아는 그 의뢰를.

그것이 헌터. 상급 헌터다.

힐끔
레나가 재빨리 다른 세 사람을 쳐다보았다.

끄덕

끄덕

끄덕……

결정이 났다.

나고 자란 곳은 달라도 모험을 좋아하는 네 사람.

"그거, 어떤 의뢰인데?"

레나가 대선배들에게 반말로 물었다.

……악의는 없었다. 악의는 없는 것이다, 절대로.

"아아, 이미 소문이 쫙 퍼졌으니, 비밀도 뭣도 아니지만…….
고룡이야. 오늘 아침에 근처 숲이랑 그 주위를 비행하는 고룡 네
마리가 목격되었어. 워낙 본 사람이 많으니까, 그중에는 그런 쪽
으로 자세히 아는 녀석도 몇 명 있었다는 거지. 대형 새나 와이번
을 잘못 본 게 아니라 틀림없는 고룡이었다는군. 변방 산악 지대
에 한 마리만 등장했다고 해도 큰일인데, 왕도 바로 근처에 무려
네 마리라고, 네 마리! 잘못하면 우리나라만으로 끝나지 않을지
도 몰라. 여하튼 무슨 수를 써서라도 녀석들과 접촉해서 부드럽
게 대화로 이끌어가 무사히 원만하게……, 아니, 그런 행운이 따
라오겠냐고! 젠장맞을!"

역시 자기 입으로 말해놓고도 무리라고 생각한 모양이다. 머리
를 뜯으며 테이블 위에 확 엎드렸다.

"""""아~………….""""""

그 모습을 보고 민망해하는 '붉은 맹세' 일동.

하지만 가만히 입 다물고 있어서 그들이 며칠이나 헛걸음하게 만드는 것도 못 할 짓이다. 그것도 죽음을 각오한 최악의 정신 상태로, 라는 건 너무하겠지.

그래서 어쩔 수 없이 멤버들에게 눈짓으로 양해를 구한 후 마일이 입을 열었다.

"아~, 그거라면, 이미 해결됐으니까……."

"""""""뭐?"""""""

"고룡 네 마리라면 벌써 용무가 끝났다나 뭐라나, 하면서 살던 데로 돌아갔어요. 별 용건도 아니었던 모양이고 더는 이 근처에 볼일이 없다는 것 같던데요. 어쩌다가 우연히 숲에서 만났는데 그렇게 들었어요."

"""""""뭐어어어어어어어?!"""""""

회의적인 눈, 눈, 눈……

뭐, 일반적으로는 믿기 힘들겠지.

그래서 마일은 아이템 박스에서 그걸 꺼냈다.

그렇다, 고룡들이 돌아간 후 전쟁터에 남겨져 있어 회수했던, 그것을.

"이게 그 증거인 『고룡의 비늘』이랑 살점이에요."

"""""""허어어어어어어어어어어어억~~~~!!"""""""

이번에는 헌터뿐 아니라 다른 손님과 요리사들 모두가 소리쳤다. 아마 여인숙 밖까지 다 들렸으리라.

"""""""고, 고고고, 고룡의 비늘이랑 살!!"""""""

"……아니, 그전에 고룡의 비늘이랑 살점이 사방에 떨어질 만한 사건이라니, 어떤 사태인 거냐고! 어마어마한 대사건 아닌가?! 마왕이라도 나타나 고룡 전사대가 결전이라도 치른 건가?!"

과연, B등급 파티 리더였다. 값진 증거품보다도 그 부분이 더 신경 쓰이는 모양이었다.

하지만 물론 솔직하게 사실을 말할 수는 없다.

"으~음, 용건이 끝난 후에 펼쳐진, 동료들끼리의 가벼운 장난?"

하지만 마일의 설명을 리더가 바로 잘라버렸다.

"어째서 가벼운 장난에 그『고룡의 비늘』이 떨어지고, 반쯤 타 버리느냐고! 정상적인 상태인 건 몇 개도 채 안 되잖아! 게다가 이 곤죽이 된 살점은 뭐냐고, 이 살점은!"

레나 때문에 몸에 붙은 불을 끄려고 마구 긁고 몸부림치다가 떨어진 비늘.

메비스의 검에 베였을 때 떨어져 나간 비늘.

그리고 폴린의 드릴 탄두를 맞아 파이고 사방에 튄 비늘과 살점.

도저히 동료들끼리 친 가벼운 장난의 결과물이라고는 생각할 수 없었다.

""""……가벼운 장난이었어요.""""

""""""…………."""""""

그리고 마일은 생각했다.

이런 수습 불가능한 상황을 타파하려면 그것밖에 없다고.

그렇다, 혼돈에서 벗어나려면 더 큰 혼돈을 불러오면 그만이라고…….

그리고 펼쳐진 마일의 시공간 파괴 폭탄.

"이거, 팔 수 있을까요?"

그리고 지상에 지옥이 출현한 것이었다…….

*   *

"하아, 피곤하네요…….

"그게 다 누구 탓이야?!"

마일의 대사에 딴죽 거는 레나.

그 후, 상인들의 매입 신청, 그리고 뒤이어 상인들 사이에 일어난 싸움으로 대소동이 일어나고 말았다.

멀쩡한 비늘을 구해 갑옷을 만들어 국왕 폐하께 헌상이라도 한다면 단숨에 유명 상점으로 진입할 수 있다. 그것도 왕족과 귀족들 사이에 모르는 사람이 없는, 대상점으로…….

"서로 양보할 수는 없는 건가요…….

"당연하짓!"

여기는 탈의실이다. ……물론, 욕탕의 탈의실.

탕에 들어가고 싶어서 일부러 이 여인숙을 골랐고, 그 바람에 그런 소동에 휘말려…… 휘말려…… 좌우지간 그렇게 되어버렸기에 적어도 탕에 들어가 오래 즐기지 않으면 안 된다고 생각했다.

느긋하게 장비를 벗고 탕에 가기 위한 편한 복장으로 갈아입는 메비스와 폴린을 내버려 두고, 훌렁훌렁 옷을 재빨리 갈아입은 레나와 마일이 먼저 출발했다. 메비스와 폴린도 곧 뒤따라오리라.

그리하여 레나와 마일이 욕실에 들어서니…….

"어라, 당신들…….”

먼저 온 손님이 있었다.

여행 중인 상인이나 상급 헌터 중 여성의 수는 남성과 비교하면 압도적으로 적다. 그래서 여성용 욕실도 그리 넓지 않았는데, 그 래도 한 번에 7~8명 정도는 들어갈 공간은 있었다. 그곳에 먼저 와 있던 손님은 조금 전에 만난 B등급 파티의 두 여성 헌터였다.

무례한 태도는 서로 사과했고, 헛걸음을 막기 위해 정보를 제 공해주기도 했으니 사이는 양호……할 터였다.

그런데…….

어쩔 수 없다. 어쩔 수 없는 일이긴 하지만, 아무리 해도 정면 에서 서로 마주 보고 서니 눈에 들어와 버리고 마는, 그것.

""………….""

고개를 살짝 숙이고 불쾌한 기분을 느끼는 레나와 마일.

물론 같은 여성이니 그 두 사람도 무슨 이유 때문인지 모를 리 없었다. 조금 멋쩍은 표정으로 시선을 피한 후…….

"으, 으음, 아직 미성년자니까, 앞으로…….”

"열여섯 살이거든!"

""…………미안합니다…….""

""""..................""""

어색한 침묵의 시간이 흐르고 있는데…….

"레나, 마일, 그렇게 서두르지 않아도……."

메비스와 폴린이 들어왔다.

그리고.

""............."""

이번에는 두 여성 헌터 쪽이 폴린을 응시한 후 고개를 푹 숙였다.

아무리 봐도 이제 갓 성인이 된 15~16세로밖에 보이지 않는
폴린.

그리고 아무리 봐도 서른 전후 같은 두 여성.

""""""..................."""""""

메비스 그리고 왠지 가시방석에 앉은 기분이 드는 폴린을 포함
해 우중충한 공기에 지배당하는 욕실이었다…….

조금 전 식당에서는 고룡에 관한 더 자세한 정보를 얻으려 하
는 헌터들과 그런 것은 아무래도 좋으니 여하튼 고룡의 소재를
얻고 싶어 하는 상인들 때문에 정신이 혼미했다.

헌터들은 그나마 낫다. 딱히 경쟁 상대가 있는 것도 아니고 의
뢰 실패는커녕 자칫 잘못하면 파티가 전멸할 가능성도 있었다.
그런 비장한 각오로 받은 지명 의뢰를 무사히 끝낼 수 있을 것 같
으니 조금 기다리는 것 정도는 일도 아니었다.

의뢰 취소가 되는 것도 아니었다. 이미 수주가 끝났고 고룡에 관한 정보는 '의뢰를 받은 후 자신들이 구한 것'인 셈이니 이제 숲과 바위산 현장에 가서 증거가 될 조사, 운이 좋아 남겨진 비늘 파편이라도 회수할 수 있으면 의뢰를 완수하고 보수와 함께 상당한, 아니 어마어마한 결실을 얻을 수 있을 터였다.

현장의 위치는 나중에 자세히 물어보면 된다. 바위산까지는 조금 거리가 있지만 다른 자들이 먼저 선수 칠 일은 없을 것이다.

문제는 상인들 쪽이었다.

적, 적, 적, 적, 적.

사방에 온통 적뿐.

너무 많은 적 그리고 너무 먹음직스러운 트로피(전리품).

와이번이나 지룡 따위면 모르겠지만 고룡은 만날 기회조차 얻기 어렵다.

그리고 설사 만난다고 하더라도 전투가 일어날 리가 없었다.

사람의 말을 하고 사람보다 뛰어난 지능, 거대하고 강인한 육체 그리고 인간의 상상을 초월한 마력과 그것을 바탕으로 연발하는 강력한 드래곤 브레스(공격마법).

또 고룡을 건드렸을 경우 그것은 고룡 일족 전체에 대한 선전포고를 의미한다. 나라 하나가 그냥 사라지는 것이다. 그리고 나아가 인간 전체에 대한 고룡들의 사정 설명과 사죄 요청이 들어올 것이다.

……나라가 통째로 멸망하는데 당사자들이 어떻게 사정을 설명한다는 말인가?

뭐, 고룡에게 잘못이 있었을 때는 '없었던 일'이 되겠지만. 아주 드물게, 고룡 쪽에서 '미안했다'고 나오면서 사과의 뜻으로 비늘 하나를 주는 일도 있었던 모양이나, 그런 일은 수십 년이나 수백 년에 한 번꼴밖에 일어나지 않으리라.

……그런 '고룡의 비늘'이 지금, 여기에 있다.

몸에서 떨어진 후에는 마법 효과가 사라지기 때문에 붙어 있었을 때만큼 강하지는 않은 모양이지만, 그래도 충분한 강도가 있고 가벼우며 무엇보다도 고룡이라는 브랜드의 가치가 담기기 때문에 비늘 그 자체 혹은 그것을 가공해 만든 방어구는 엄청난 가격에 팔리는 듯했다.

서로 주먹이 오가고 맞붙어도 이상하지 않은 상황이었지만, 그건 일반 상인들의 경우다. 중견 이상이며 능력 좋은 상인들은 그런 어리석은 수단으로 경쟁하지 않는다.

"""""""……………."""""""

"""""""…………………."""""""

"""""""……………………."""""""

그리하여 '붉은 맹세'와 헌터들은 말없이 서로 노려보는 상인들은 남겨두고 슬금슬금 그 자리를 빠져나왔다…….

"나중에 우리 방으로 와줘. 현장 위치랑 좀 더 자세한 이야기를 듣고 싶으니까. 우리는 길드가 납득할 수 있는 설명을 해줘야 하거든. 물론 사례금을 줄 거고 설명하는 동안에 마실 술이랑 안주를 제공할게."

슬슬 탕에서 나가려고 생각했을 때 여성 헌터가 그렇게 부탁해 왔다.

"돈은 됐고. 간식이랑 과일주스로 부탁해."

레나도 이런 식으로 푼돈을 벌어들일 생각은 없어 보였다. 폴린 역시 끼어들지 않았다.

아무래도 헌터로서의 일과 장사로는 돈을 벌어들일지 몰라도 그것 이외의 일에 욕심부릴 생각은 없는 듯했다.

그리하여 헌터들의 방을 찾아 얼마간 대화를 나눈 다음 다시 방으로 돌아왔는데…….

""""""으에엑!""""""

방문 앞에서 상인들이 기다리고 있었다.

"……내일은 다른 여인숙으로 옮기자."

"역시 분수에 맞지 않는 곳에 묵는 건 좀 아니네요."

"우리한테는 싸구려 여인숙이 딱 맞아……."

모처럼 큰맘 먹고 정한 고급 여인숙인데, 좀 더 괜찮은 식사와 욕탕에서 잠깐의 여유를 즐겼을 뿐이지 제대로 쉬지도 못하는 숙박이 되고 말았다.

그리고 앞으로도 영 쉴 수 있을 것 같지 않았다.

""""""마이이일~~…….""""""

"미, 미안합니다아……."

다음 날 아침, B등급 파티 멤버들은 아침을 먹은 후 바로 출발했다.

물론 의뢰 임무를 수행하기 위해 숲으로 향한 것이다. 그 후 '붉은 맹세'에게 알아낸 산악 지대로 가게 될 것이다.

아무리 마일 일행으로부터 이야기를 들었다고는 하나 그것만 보고하고 임무 완료라고 할 수는 없는 노릇이다. 제대로 현장을 확인해서 고룡이 완전히 떠났다는 증거를 찾아야 한다. ……당연한 말이지만.

하지만 아무것도 모르고 가는 것과 사정을 알고 고룡들이 '서로 장난친' 현장의 정확한 위치까지 알고 가는 것은 하늘과 땅 차이다.

아무것도 모른 채 괜히 숲을 어슬렁거리는 것과 확인할 부분이 무엇인지 알고 있는 것은 그만큼 큰 차이가 있다. 이미 보고할 것은 정해져 있고 그 증거만 찾으면 되니 의뢰 임무의 성공은 이미 기정사실인 셈이었다.

게다가 '붉은 맹세'에게 들은 이야기가 사실이라면 현장에 남겨진 비늘 조각을 주울 가능성이 제법 컸다.

아무리 작은 파편이라 한들 비싼 값을 받을 수 있다.

다른 것도 아니고 고룡의 비늘이니까, 고룡의 비늘!

상인들도 같은 생각으로 '붉은 맹세'에게 현장 위치를 물으려고 했지만, '현장을 어지럽히면 조사 의뢰를 받은 분들께 방해가 되니까요' 하고 거절당했다.

헌터들은 이에 깊이 감사했다.

그리고 그들이 출발한 후 당연히.

"어젯밤에 했던 얘기 말인데……."

상인들에게 에워싸인 마일 일행.

"아～, 네네……."

그리고 마일은 주방장의 허락을 받아 아침 영업이 끝난 식당에서 장사를 시작했다.

"어제 말씀드렸다시피 깨졌거나 탄 것 하나씩이에요. 다시 말씀드리지만, 정상이나 정상에 가까운 물건은 안 됩니다!"

"""""""윽…………."""""""

분해 보인다고 할까 아쉬워 보인다고 할까, 말문이 막힌 표정을 짓는 상인들이었지만 아무리 조금 소란을 피웠다고 해도 고룡의 비늘을 아무 조건 없이 제공해줄 정도는 절대 아니었다. 그런 것은 어깨를 살짝 부딪혔다고 1억 엔을 요구하는 짓이나 마찬가지였다.

그래서 마일이 경솔하게 내뱉은 발언에 책임을 진다는 것 그리고 이번 일 전부를 아무에게도 말하지 않겠다는 약속을 받고 조각이라든가 불에 탄 이른바 '파손품'이라 할 수 있는 것을 하나씩 파는 데 동의했던 것인데 마일 일행 입장에서는 쓸모없는 부분이라도 '고룡의 비늘'인 것이다. 보통 가치 그리고 보통 가격이 아니다.

완전한 비늘 하나면 방패——는 아니더라도 수갑(手甲)이나 가슴 갑옷의 재료, 또는 작은 나이프 등 쓰임새는 얼마든지 있다. 또 무기나 갑옷이 아니라 부적 또는 제사 도구의 용도도 있다. '고룡의 비늘'은 실용적 가치보다도 그 브랜드 가치가 높았다.

마일 일행은 고작 2~3장 정도밖에 없는 물건은 팔 생각이 없었다.

그런 것은 고만고만한 상인이나 길드에 파는 것보다 보관해두었다가 어떤 기회에 상급 귀족 등에게 직접 이야기를 꺼내면 말 그대로 차원이 다른 값이 붙을 가능성이 있기 때문이다.

원하는 사람은 얼마든지 있을 테니까.

그리고 메비스에게는 비밀이지만 상태가 제일 좋은 비늘 하나는 끝까지 남겨두자고 마일, 레나, 폴린 사이에 이야기가 되어 있었다.

그것은 어느 날인가 메비스가 기사가 되거나 혹은 결혼 준비를 위해 집으로 돌아가는 날이 오면 그때 메비스에게 선물하기 위해서였다.

메비스가 아무리 애를 써도 단련한 남성을 힘으로 이길 수는 없을 것이다. ……지금의 왼팔은 별개로 하고.

메비스는 양손이든 한 손이든 자유롭게 쥘 수 있는 검을 썼는데, 속칭 핸드 앤 어 하프 소드(hand and a half sword)라고 불리는 것이다. 문제는 이걸 항상 양손으로 써서 방패를 들지 못했다.

하지만 언젠가 방패가 필요해지는 때가 올지도 모르고, 고룡의 비늘을 쓴 방패를 가졌다는 것은 아마 상당한 지위를 의미할 테니 그 존재만으로도 메비스에게 도움이 되리라. 세 사람이 그렇게 생각하고 내린 결론이었다.

만약 메비스의 의수가 오른팔이었다면 검을 오른팔로 쥐고 왼팔에 소형 방패를 들 수도 있었겠지만, 지금 그런 말을 해봐야 아무 의미도 없거니와, 인제 와서 왼팔로 검을 휘두르라고 요구할 수도 없는 노릇이었다.

'뭐, 그 고룡을 불러들이면 비늘 몇 개쯤은 그 자리에서 바로 떼서 내밀겠지만. 발톱을 뽑는 것 정도는 별로 안 아플 거고…….'

마일, 상당히 잔혹한 녀석이었다.

그리하여 각자 비늘을 하나씩 고른 상인들은 이런 불시의 기회에 대비해 들고 다니는 비상금으로 값을 치르고 여인숙을 나갔다.

물론 왕도에 온 본래의 용무를 마치기 위함일 테지만, 다들 은근히 서두르고 있었다.

"아~, 어디서 급히 돈을 마련한 다음 그 헌터들이 돌아오기만을 기다릴 계획이겠죠. 그래서 만약 그들이 비늘을 회수해오면 그걸 사들이려는 걸 거예요. 길드에 보고를 마치기 전까지는 증거품이니까 안 팔겠지만, 보고를 마친 후에는 팔 수 있을 테니 미리 붙잡아 길드에 보고하기 전에 매매 계약을 맺을 생각이겠죠. 보고가 끝나고 비늘의 존재가 알려지면 경쟁자들이 모여들 테니까. 하지만 많은 상인을 경합 붙이는 쪽이 더 가격이 올라간다는 걸 뻔히 알고도 그 제안을 들어주겠어요? 베테랑 B등급 헌터나 되는 사람들이……."

폴린의 말이 맞았다.

마일 일행은 돈이 아쉬운 상황이 아니었고, 손상된 비늘 파편도 꽤 많이 모아둔 상태였다. 그저 어제 진 빚도 있었기에 사과 겸 입막음의 의미도 담아 빅 서비스로 팔았을 뿐이다. 상태가 무척 나쁜 것을, 아주 작은 조각씩, 적당한 가격에…….

그러한 사정과 의도가 없는 헌터가 그런 서비스를 해줄 리는 없으니까.

"뭐, 우리랑은 상관없는 일이야. 그냥 상인들의 건투를 빌어 주자고."

그리고 레나의 한마디로 이 이야기는 끝을 맺었다.

*　　*

"어디 보자, 새로운 의뢰는……."

길드 지부에서 의뢰 보드를 살피는 '붉은 맹세' 일행.

그들 말고 의뢰 보드를 확인하는 헌터는 없었다.

그도 그럴 터.

"너무 늦게 왔다고요……."

그렇다, 마일의 말대로 이미 아침 2의 종(오전 9시 무렵)이 일찌감치 지나 있었다. 이런 시간대에도 일하러 나가지 않은 사람은 의뢰주와 만날 약속이 있거나 일에 태만한 게으름뱅이들 정도였다. 아침 일찍부터 신규 의뢰서가 붙는데, 이런 시간에 좋은 의뢰가 남아 있을 리 없었다.

'붉은 맹세' 멤버들은 어제 몹시 지쳤지만 결국은 헌터 일을 한 게 아니었다.

……향신료와 비늘 부스러기 부분을 팔아 돈은 상당히 많이 벌었지만.

그리고 고작 그 정도 일로 다시 하루 쉬기에는 마음이 내키지 않았기에, 다소 늦기는 했어도 길드에 얼굴을 내밀기로 했다. 뭐, 좋은 의뢰가 없으면 대충 상시 의뢰나 소재 채취라도 하면 그만이니까.

그런 생각으로 느긋하게 의뢰 보드를 바라보고 있는데…….

""""""……엥?""""""

이런 어중간한 시간에 길드 직원이 새 의뢰 카드를 보드에 붙였다.

물론 곧바로 그 의뢰를 살피는 '붉은 맹세' 멤버들. 다른 헌터들도 뭔가 싶어 모이기 시작했다.

『**지룡 토벌. 가급적 신속하게. 금화 20닢. 소재는 토벌자가 가지는 것으로 한다.**』

""""""오오오오오!""""""

무심코 소리치는 '붉은 맹세' 일동.

지룡.

고룡에 비할 바는 못 되지만 그래도 일단은 '용'이었다.

흔히 나오지 않는 토벌 대상이다. 참가 인원에 상관없이 총 금화 20닢은 보상금치고 적었지만, 소재를 매각해 얻을 이익을 고려하면 나쁘지 않은 조건이었다.

이를테면 그런 것이다. 외국의 서비스업은 월급이 적지만 그만큼 팁 수입이 짭짤하니 괜찮잖아, 같은 방식.

종업원의 월급까지 내줘야 하는 손님은 억울할지도 모르겠으나, 사람과 달리 지룡은 불평할 수 없기에 문제없었다.

이런 의뢰는 원래 4~5개의 파티가 합동으로 받는 게 보통이다. 그렇게 되면 일 인당 금화 1닢과 소재 매각 값을 받는 정도겠지만 그래도, 아니 상당히 구미가 당겼다. 그것을 '붉은 맹세'가 단독으로 받는다면······.

정신을 차렸을 때 주변에 몇몇 헌터와 길드 직원들이 모여 이야기를 나누고 있었다.

"흔히 볼 수 없는 용종이 지금 나왔다는 건 역시 고룡 때문인가······."

"그렇지 않겠어? 타이밍이 너무 절묘해."

"고룡만으로도 큰 문제인데······. 젠장, B등급 녀석들, 고룡 조사를 받아들인 『내일의 영광』 이외에는, 겁먹고 길드에 코빼기도 비치지 않으니. 얼간이들 같으니라고······."

아무래도 평소 잘났다는 듯이 다니는 'B등급 파티'가 고룡 의뢰를 받아들인 그 파티 말고는 길드에 나오지 않는 모양이었다.

아마 길드 직원에게 붙잡혀 지명 의뢰를 받는 걸 피하고 싶은

거겠지.

지명 의뢰를 받아도 거절할 수야 있지만, 아무래도 이런 시기에 지명 의뢰를 거절한다면 신뢰와 위신을 한 번에 잃게 될 것이다. 다소 의도적인 잠적이라고 보는 게 맞았다.

하지만 얼굴을 내비치지 않는 B등급 파티를 비난하는 베테랑 C등급 파티들도 실력 좋은 파티 없이 자기들끼리 일을 받을 생각은 없는 모양이어서, 불만만 토로할 뿐 수주할 낌새는 없었다.

길드 측도 과연 C등급 파티에 지룡 토벌 지명 의뢰를 내는 것은 너무 무모하다고 판단했는지 가만히 있었다.

"……어라?"

마일이 의뢰 카드에 나와 있는 의뢰 장소를, 벽에 붙어 있는 지도(그림이 너무 허접해서 지도라고 부르면 이노 다다타카*가 달려와 마구 때릴 것 같았지만)로 확인하니 그때 그 숲과는 전혀 다른 장소였다.(*伊能忠敬, 걸어 다니며 일본 지도를 만든 지리학자)

"고룡이 대기하고 있던 부근 아닐까? 우리가 왕도를 떠나 어느 방향으로 가는지 몰랐을 테니, 수인들이 신호탄을 쏘아 올리기 전까지 전혀 엉뚱한 곳에서 대기했겠지, 아마도."

"아, 그런가……."

레나의 말에 고개를 끄덕이는 마일.

과연 고룡들이 날아온 방향과 일치하는 것 같았다.

"그럼, 이거, 받는다?"

""""하앗!""""

"여러분은 이 의뢰를 받으실 수 없습니다."

"엥? 왜……. 이 의뢰에는 등급 지정이 되어 있지 않은데?"

접수원 아가씨의 말에 되묻는 레나.

그렇다, 이 의뢰는 등급이 지정되어 있지 않았다. 즉 '등급 제한을 걸지 않을 테니 자신 있는 자가 받아라. 죽든 어쩌든, 그것은 전부 자기 책임이다'. 그런 뜻이었다.

따라서 C등급인 '붉은 맹세'도 얼마든지 받을 수 있을 터였다. 그런데…….

"그건 여러 파티가 공동 수주하기 위해 지정하지 않았을 뿐이에요! B등급 파티 셋에 베테랑 C등급 파티 하나, 뭐 이런 식으로……. 신출내기 C등급 파티 하나에게 다 맡기는 건 상상도 하지 않은 이야기라고욧!"

침착 냉정이 특징인 헌터 길드 접수원 아가씨가 버럭 화내는 것은 흔치 않은 일이다.

하긴 '붉은 맹세'의 나이 구성을 봤을 때 엄청난 실력자들이라고 생각할 사람은 있을 턱이 없었다. C등급 파티라는 것조차 의심스러운 수준이었다.

그리하여 레나의 기분이 급속도로 언짢아져 폭발 위험을 느낀 마일 일행의 표정이 굳어지고 있는데, 뒤에서 누군가가 말을 걸었다.

"그럼 우리가 같이 수주하면 어때?"

"""글렌 씨!"""

"……누구?"

마일은 전생 때부터 사람 얼굴을 잘 기억하지 못했다…….

"A등급 파티 『미스릴의 포효』다. 우리랑 합동으로 하면 이 녀석들도 같이 수주할 수 있겠지?"

"네, 네에, 물론입니다!"

그제야 마음이 놓인 듯한 접수원 아가씨.

딱히 '붉은 맹세'와 옥신각신하는 게 싫어서 그런 게 아니었다. 길드의 접수원이라면 기세등등한 신인 파티를 상대하는 데에 익숙할 테니까. 단지 고룡, 지룡 등 줄지어 등장한 용종으로 인해 큰 피해가 발생할지도 모르는 이때 등장한 희귀 A등급 파티가 마치, 어리석은 B등급 파티들 때문에 이곳 길드 지부의 명예와 신용이 땅에 떨어질 위기에서 구해줄 구세주의 등장처럼 느껴져서 그런 것이었다.

A등급 파티 6명에 어시스트로 C등급 두세 파티를 붙여준다면 지룡을 토벌하진 못 하더라도 제압 정도는 할 수 있었다.

고룡 때문에 소굴에서 기어 나와 인가에 내려온 것뿐이라면 제압해 쫓아내기만 해도 일단 위기에서 벗어날 수 있다. 애초에 고룡과 지룡이 동시에 나왔는데도 큰 피해 없이 끝났다고 한다면 이 길드 지부의 명예와 신용은 떨어지기는커녕 대폭 상승하리라. 접수원 아가씨가 안심하는 것도 무리가 아니었다.

"우리한테 져서 승급은 물 건너간 것 아니었어?"

레나의 지적에 쓴웃음 짓는 글렌.

"아니, 그건 오른팔을 묶고 싸우는 꼴이었으니까. 학생이 다치지 않도록 하면서 학생의 능력을 충분히 끌어내 재능을 마음껏 펼치게 해주고 마지막에는 너무 기고만장해지지 않도록 압도적인 역량 차이로 굴복시키는, 뭐, 일종의『줄거리 있는 연극』같은 거지. 물론 상대 연기자는 그 사실을 모르지만 말이야. 하지만 너희는……."

그렇게 말하며 동료들을 노려보는 글렌.

그리고 어깨를 힘없이 떨구는 두 마술사와 젊은 검사.

……상대를 다치게 하고 죽이려고 들었는데 결국 패배.

아무리 힘을 뺐다……고 할까, 상대에게 어드밴티지를 줬다고는 하지만 A등급에 가까운 대선배로서 그것은 살짝, 꼴사나운 모습이었다.

"글렌, 너도 결국 상대가 양보해준 거였잖아! 잘난 척하지 말라고! 심지어 다음 상대한테 깨끗하게 진 주제에……."

"윽……."

졸업 검정 때 싸우지 않은 두 멤버 중 한 사람, 초로의 마술사가 그렇게 지적하자 말문이 막힌 글렌.

"……뭐, 뭐어, 그건 일종의 볼거리 같은 거였지. 그러니까 그걸 알고 있는 구경꾼들은 예상보다 더 긴장한 유망주에게 하는 특별 서비스, 정도로 여기고 있어. 설마 우리가 진짜로 졌다고 생각하는 녀석은 없다고……, 하아……."

자기가 말하고도 한심했는지, 어깨를 툭 떨구는 글렌.

"어쨌든 얼마 더 있다가 A등급으로 올라갔어. 그래서『빚 갚기 여행』을 떠난 거다. ……너희한테 당했다는 사실에 대한 반성으로, 초심으로 돌아가 자신을 단련하는 의미까지 담아서 말이야…….."

'빚 갚기 여행'이란 복수한다는 의미가 아니다. 말 그대로 정말 마음에 진 빚을 갚고 고마움을 표현하기 위한 여행이다.

신출내기 시절 떠난 '수행 여행' 때 신세 진 사람들, 지인이 된 사람들에게 A등급이라는 사실상의 정점에 섰다는 보고와 감사 인사를 하기 위한 여행 말이다. ……물론 '수행 여행'과 마찬가지 로 자신들을 단련하기 위한 여행이기도 하다.

신출내기였던 전 여행과 달리 이번에는 난도 높은 의뢰, 그 지 역 헌터만으로는 힘에 부쳐 곤란을 겪고 있는 지방 도시나 작은 마을에 나온 의뢰를 파격적으로 싼 보수에 정리해주고 다니는 그 여행은 방문한 도시나 마을에서 몹시 환영받고 있었다.

A등급 파티는 돈에 쪼들리지도 않거니와 '은혜를 갚는 여행'이 므로 돈벌이는 도외시하는 것이다. ……물론 이 여행 동안**만이라 는**, 기간 한정 서비스지만.

하지만 '수행 여행'을 나선 자들에 비해 '빚 갚기 여행'을 떠날 수 있는 자들이 얼마나 적겠는가.

대부분의 헌터는 A등급이 되기 전에 다치거나 질병, 고령 등의 이유로 은퇴하거나, ……죽는다.

헌터의 정점은 S등급이 아니냐고?

S등급 따위는 지나치게 희귀해서 없는 것이나 마찬가지였다. 실질적인 헌터의 정점은 A등급이었다.

"뭐, 여하튼 너희랑 합동으로 하면 수주할 수 있는 거네."

레나, 대선배에게 쓰는 말투를 좀 고민해야 할 필요가 있다.

"그, 그래, A등급 파티와 함께 수주하고 A등급 파티가 그걸 받아들인다면⋯⋯."

"문제없어."

글렌의 한마디에 지룡 토벌 수주가 결정되었다.

⋯⋯어차피 '토벌'이라지만 의뢰 내용은 '쫓아내기만 해도 됨'이었다.

하지만 그렇게 되면 소재를 팔아 얻는 이익이 없어 금화 20닢만으로는 그리 좋은 돈벌이가 되지 않는다.

일 인당이 아니라 총 보수 금액이 금화 20닢이니, 여러 파티가 나누고 심지어 무기 방어구의 파손, 부상, 기타 단점들을 고려하면 차라리 착실하게 오크 토벌을 하는 편이 훨씬 안전하고 얻는 게 많았다.

그래서 어디까지나 이것은 '토벌'을 전제로 한 보수액이며, 만약 실패해 달아났을 경우를 위한 '아차상'이랄까, 구제조치인 '참가상'에 해당한다.

"그럼 앞으로 2~3 파티를 더 모집해요. A등급 파티가 함께해주면 베테랑 C등급 파티가 기꺼이 참여해줄 거예요!"

그렇다, 소재 매각 이익이 크므로 A등급 파티가 주력이 되어주고 자신들은 서포트 정도로 끝난다면 실력에 자신 있는 C등급 파티일 경우 눈에 불을 켜고 달려들어도 전혀 이상하지 않은 의뢰였다.

그리고 실제로 테이블 석에서 음식을 먹거나 시간을 보내고 있던 몇몇 파티가 자리에서 일어나 있었다. 이런 시간에 느긋하게 있다는 것은 당장 먹고사는 데 급급한 파티가 아니라 꽤 여유 있다는 증거다. ……즉, C등급 파티 중에서도 실력에 자신 있는 자들인 셈이다.

그렇다, 지룡 토벌에 참여하겠다고 나설 계획이겠지.

……하지만.

"……필요 없어."

"네?!"

글렌의 간결한 말에 어이없어하는 표정인 접수원 아가씨.

"우리랑 이 아가씨들만으로 충분해. 우리의 발목을 잡는 자들은 필요 없다. 쓸데없이 호위 대상이 늘어나면 그쪽으로 전력이 분산돼서 공격력이 떨어진다고."

"헉……."

접수원 아가씨는 멀뚱히 있는 것만으로 끝났다. 하지만 다른 헌터들은 그럴 수 없는 노릇이었다.

"어이, 그건 좀 아니지! 물론 너희 A등급 파티의 실력에 딴죽 걸 생각 없고, 잘났다는 듯이 굴어도 그럴 만하다고 생각해. A등급까지 올라간 사람들한테 지금의 우리가 무슨 말을 해도 그건 그저 『시끄럽게 짖는 개』에 지나지 않을 테니까 말이야. 하지만 우리가 거기 애송이 꼬마들보다 아래라는 소리는 도저히 그냥 듣고 넘길 수 없다고!"

그 자리에 있던 헌터들 중 한 사람이 기염을 토했지만, '미스릴의 포효'의 여섯 멤버는 그 말을 듣고도 쓴웃음만 지을 뿐이었다.

그리고 글렌이 말했다.

"하지만 너희, 우리가 참가한다는 소리를 듣기 전까지는 이 의뢰를 수주할 생각 따위 전혀 없지 않았나? 여기 이 아가씨들은 자기들끼리 할 생각이었다는데 말이지…… 이건 우리가 아가씨들한테 편승하려는 거야. 아가씨들이 이 의뢰를 받으려 한다는 걸 알고 말이지. 너희는 우리가 참여하려 하는 것을 보고서야 편승하려고 한 주제에, 처음 말을 꺼낸 아가씨들을 자기들보다 아래라고 말하는 건가? 그리고 이 아가씨들은 강하거든? 최소 나이 제한이라는 규칙 탓에 아직 C등급이지만, 이미 진작에 B등급 파티에 버금가는 실력을 쌓았어, 틀림없이 말이야……."

"으……."

A등급 파티가 그렇게까지 단언하니, 더는 반론할 수 없을 터였다.

만약 반론하려고 한다면 그건 '붉은 맹세'에 모의전을 도전하는 방법밖에 없었는데, 아무래도 그렇게까지 했다가 혹시 모를 상황이 벌어지면 체면을 구기게 된다.

그러면 더는 이 도시에서 헌터 일을 계속할 수 없다. 이 도시를 떠나 다른 나라에서 파티 이름을 바꾸고 처음부터 다시 시작하는 수밖에.

"……어쩔 수 없네. 어이, 뭔가 보여주지 않겠나? 어차피 이럴 때 상대 입을 다물게 하기 위한 기술 한두 개쯤은 준비해두고 있잖아?"

"못 이기겠네요, 글렌 씨한테는……. 메비스 씨, 동화 베기예요!"

"오케이!"

글렌의 말을 받아 마일이 오랜만에 '동화 베기'를 보여주라고 메비스에게 지시했다.

"공간을 좀 띄워서……, 네, 그 정도면 돼요. 자, 글렌 씨, 동화 한 닢을 포물선으로 가볍게 던져 주세요."

그리고 여느 때와 같이 선보인 동화 베기 퍼포먼스.

""""""헉…….""""""

그 광경을 보고 굳어버린 지역 헌터들.

"동화를 하나 더 주시겠어요?"

이번에는 메비스의 요청으로 돈주머니에서 다시 동화 하나를 꺼내 건네는 글렌.

메비스는 그 동화를 왼손 엄지와 검지 사이에 세로로 끼운 다음 모두를 향해 내밀었다.

"으, 차."

힘도 별로 주지 않았는데 반으로 접힌 동화.

""""""뭐얏…….""""""

반으로 접힌 동화를 다시 세워 손가락에 끼우고…….

"하압."

또 반으로 접혔다.

""""""……………….""""""

괴력이 있다면.

혹은 뭔가의 달인이라거나, 비법을 알고 있다면.

반으로 접는 것쯤은 가능한 사람이 있어도 별로 이상하지 않을지도 모른다.

하지만 두 번 연속 접기. 그게 가능한 사람은 없다. 절대 없다.

그리고 조금 전에, 지탱할 데도 없는 공중에서 검을 휘둘러 동화를 정확히 반으로 절단.

……말도 안 된다.

"여전히 인간을 초월한 기술을 보여주는군……. 그런데 네가 여기서 최약체라고 하지 않았었나……."

글렌의 말에 조금 위축된 얼굴로 고개를 끄덕이는 메비스.

""""""말도 안 돼애…….""""""

그것 이외에 다른 말은 내뱉을 수 없는 지역 베테랑 C등급 헌터들이었다.

＊　　＊

"그럼 이제 막 이 도시에 도착한 거예요?"

지룡 토벌 의뢰 수주 처리를 하고 현장으로 향하며 대화를 나누는 '붉은 맹세'와 '미스릴의 포효' 일행.

지룡이 나타난 장소는 왕도에서 도보로 2시간 정도 떨어진 거리에 있었다. 왕도에 있는 '붉은 맹세'를 노리고 온 고룡들이 대기하던 장소일 테니, 가까운 게 당연했다.

"응. 숙소를 잡으면서 길드 할인을 받으려고 A등급 파티라 밝혔더니, 『용 퇴치 의뢰를 받아주시는 분들인가요!』 하고 말하는 거야. 무슨 일인지 몰라서 일단 길드에 와 보니 너희가 있어서 상황을 살피고 있었는데……."

"그럼 고룡 건은……."

"고룡? 그게 무슨 말이야?"

마일의 질문에 대한 글렌의 말에 따르면 '미스릴의 포효'는 정말 이제 막 이 도시에 도착해 아무것도 모른다는 것이었다.

그래서 마일이 상황을 자세히 설명해주었다.

"그럼 여인숙 사람이 말했던 건 이 의뢰의 지룡이 아니라 고룡이었던 건가……. 그런데 뭐야, 그게. 여기 B등급 녀석들은 그 지명 의뢰를 받았다는 녀석을 빼고 다들 얼간이들만 모였나……."

왕도의 B등급 파티라고 해도 상급 파티는 장기 의뢰로 멀리 나가 있거나 단련하기 위해 여행을 떠났거나, 전속 계약을 맺는 등 길드에 항상 출입하는 수는 그리 많지 않다. 그래서 정말 우연히 얼굴을 내밀지 않았을 뿐이라는 가능성도 전혀 없지는 않지만.

실제로 우연히 얼굴을 내밀었던 어느 파티는 내키지 않아 하면서도 갑작스럽고 목숨의 위험이 있는 지명 의뢰를 기꺼이 받아들였으니…….

"지혜가 있는 고룡이라면 모를까 지룡 따위는 그냥 덩치 큰 도마뱀에 불과해. 별것도 아닌데 참……."

그렇다, 글렌의 말대로 지룡은 이름이 고룡과 비슷할 뿐이지 그 능력은 하늘과 땅 차이였다.

브레스는 내뿜을 수 있지만, 그래 봐야 지능은 도마뱀 수준밖에 되지 않고, 외피도 평범한 수준이라 딱히 마력으로 강화되어 있거나 하진 않았다. 말하자면 바위도마뱀이 거대해진 것, 이라고 생각하면 이해하기 쉬우리라.

요컨대 그저 덩치 크고 힘이 셀 뿐, 덫에도 잘 걸릴 정도라 여럿이서 조금씩 상대하면 무찌르는 것이 그리 어렵지 않다. B등급 이상의 파티가 여럿 있기만 해도…….

조금이라도 효과가 있는 공격이 있다면 언젠가는 쓰러트릴 수 있다.

물론 전혀 통하지 않는 다면 아무리 공격해도 의미가 없지만.

그래서 C등급 이하 파티만으로 지룡 토벌을 허가하지 않는 것이다.

'역에서 서서 먹는 소바도 소바. 전통 어린 맛집의 소바도 소바. 하지만 그 둘은 어쩌다 이름이 같을 뿐 전혀 다른 요리야. 그와 마찬가지로 고룡도 지룡도 어쩌다가 『용』이라는 같은 이름이 붙었을 뿐이지 전혀 다른 동물인 거지…….'

멍하니 그런 생각을 하는 마일.

"그나저나 지룡은 어떤 녀석이야?"

"너희 말이지……."

레나의 질문에 어이없다는 표정을 짓는 '미스릴의 포효' 멤버들.

"보통은 의뢰에 나서면 목표물에 대한 특성이나 약점을 조사해서 공략법을……, 하아, 됐다. 이번엔 급한 수주였으니까. 하지만 좀처럼 맞닥뜨리기 힘든 녀석에 대해서도 평상시부터 길드 자료로 최소한의 공부는 해둬야 하는 법인데……."

글렌의 말에 얼굴이 살짝 붉어져 고개 숙이는 레나. 발끈하며 맞받아치지 않는 점을 보아 조금은 반성하고 있는 건가. 그리고 조금은 성장한 것일까…….

"물론 우리도 실제로 맞닥뜨리는 건 처음이지만. 고룡은 물론 지룡이든 화룡이든, 그리 쉽게 만날 수 있는 게 아니니까 말이야. 헌터 중에도 살아 있는 용종을 목격한 녀석은 거의 없을걸. 물론 우리도 포함해서. 그러니 우리도 그냥 자료를 읽어서 아는 것뿐이야. 아, 와이번은 별개야. 그놈들은 하늘을 나니까 종종 보이거든. 그래도 그것 역시 『나는 모습을 본 것』뿐이지 실제로 토벌한 녀석은…… 아, 여기에는 있나……."

그렇게 말하며 다른 다섯 명과 함께 어깨를 떨구는 글렌.

"뭐, 아무튼 지룡은 바위도마뱀이 커진 느낌인데, 둔감하니까 급소나 얼굴 등이 아니면 웬만한 공격에는 고통을 잘 느끼지 않는 모양이야. 그러니 무조건 강력한 공격으로 약점을 계속 쳐야 한다 이거지. 그래서 뛰어난 공격력을 갖춘 파티가 아니면 고전을 면치 못할 거다. 자칫 잘못하면 전멸이야."

글렌의 설명에 고개를 끄덕이는 레나 일행.

뭐, '붉은 맹세'에는 문제 될 것 없겠지만.

"그리고 대체로 동굴이나 커다란 바위 틈새, 땅이 갈라진 틈 안쪽 깊은 곳에서 살고 있어. 그래서 『지룡』이라고 부르는 거야. 그저 날지 못할 뿐인 용종이라면 그밖에도 많이 있으니까."

또 고개를 끄덕이는 레나 일행.

"그리고 약점은……."

""""약점은?""""

"머리를 베면, 죽는다."

""""당연하잖아아아아아앗!""""

과연 근육 바보 글렌이었다…….

다른 헌터들은 바보여서 죄송합니다, 하는 표정을 지으며 살짝 고개를 숙였다.

아까부터 '미스릴의 포효' 측은 파티 리더인 글렌 이외에 별로 말을 하지 않았다. 딱히 '붉은 맹세'에게 숨기는 게 있는 것 같지는 않았지만, 조금 어색해하는 모습이었다.

하지만 그것도 어쩔 수 없었다. 헌터가 헌터 양성 학교의 학생들에게 졌으니까. 20살도 채 안 된 어린 여자애들을 상대로 말이다. 껄끄러울 만도 했다.

특히 잘못했으면 레나를 죽였을지도 모르는 그 마술사는 상당히 거동이 수상했다.

그때 만약 레나가 학생의 영역을 벗어난 실력을 갖추고 있지 않았더라면 분명히 죽었을 테니까.

레나 입장에 보면 그는 졸업 검정 따위에서 자신을 죽이려고 했던 살인 미수범이었다. 그러니 말 걸기 힘들기도 하겠지…….

대선배로서 거드름 피우는 태도를 보이기에는 그때 졌던 기억이 너무 컸다.

그렇다고 해서 이런 어린 여자애들에게 저자세로 나가거나 대등한 태도로 떠드는 것도 왠지 내키지 않았다. 그래서 그런 것은 전혀 신경 쓰지 않는 글렌 이외에는 자연스레 말수가 줄어들고 말았다.

절대 '붉은 맹세'를 나쁘게 생각하고 있는 것은 아니었다. 그러기는커녕 엄청난 기대주 파티로서, 그 탄생의 순간에 함께 있었다는 것과 자신들이 관련되어 있다는 사실을 기쁘게 여기기까지 했다.

……단지 살짝 민망해서 말 걸기 힘들다는 것. 그게 전부인 이야기였다.

"……그래, 수행 여행을 떠난 뒤로 어떤 재미있는 일이 있었어? 괜찮으니까 이 아저씨들한테 들려주겠니?"

"""""허어어어어억~~!!""""""

지금 용종과 싸우러 가는 중인데, 긴장감이라고는 조금도 찾아볼 수 없었다.

*   *

"……그래서 서로 장난치던 고룡들이 『그냥 사소한 용건이 있어서 온 것뿐이지, 인간들한테 피해줄 생각은 없어. 이제 마을로 돌아갈 거니까 인간들한테 그렇게 전해줘』 하고 말해서…….."

수행 여행을 떠난 후 마족과 싸웠던 일, 귀족가와 얽힌 일, 요정 사냥, 유괴 조직에 도적단, 변이종 오크와 오거 등을 만난 일 등,

마일이 이야기를 들려주자 입을 쩍 벌린 '미스릴의 포효' 멤버들.

이것도 아스컴 령에서 있었던 일이나 고룡과의 싸움 등 걸리는 부분은 전부 생략했고, 들려준 내용 역시 진실이 아니라 길드 보고용으로 가필 수정, 꼼꼼한 퇴고와 편집을 거친 줄거리였지만…… 물론 신작 단편이나 특전 쇼트 스토리 등은 미포함이었다.

"……너희들……."

탁.

그것 이외의 표현은 떠오르지 않을 만큼, 맥이 탁 풀린 모습인 글렌.

그리고 반대로 왠지 조금 기운이 돌아온 듯한 젊은 검사와 두 마술사.

……아무래도 '이런 녀석들이라면 우리가 진 것도 전혀 이상하지 않아. 우리가 약해서 당한 게 아니라, 이 녀석들이 이상한 거였어. ……뭐야, 그런 거였나!' 하는, 잘 알 수 없는 안도감을 맛본 모양이었다.

제80장 지룡 토벌

"······그렇게 된 것이외다."

촌장의 설명에 고개를 끄덕이는 '미스릴의 포효'와 '붉은 맹세'.

이곳은 왕도로부터 두 시간 조금 안 되는 거리에 있는, 산기슭의 작은 마을이다.

산기슭이라고 했지만, 평야도 넓게 펼쳐져 있어 비교적 비옥한 토지였다. 마을 뒤편에 솟아 있는 산들도 민둥산이 조금 있기는 했지만 대체로 나무가 울창했다.

민둥산만 있으면 지룡의 먹이가 충분하지 않을 테니, 지룡의 은거지로는 당연할지 모르겠지만······.

그 산속 깊은 곳에 살고 있던 지룡이 고룡의 존재를 감지하고 겁에 질려 소굴을 떠나 이동해온 것이 이번 소동의 원인이리라.

길드에서 수주할 때 들은 설명, 이동 중에 '붉은 맹세'로부터 들은 이야기, 그리고 지금 촌장에게 들은 이야기를 종합해 '미스릴의 표효'는 그렇게 판단을 내렸다. 그리고 물론 '붉은 맹세' 멤버들도······.

토벌 의뢰는 이 마을의 진정을 받은 영주가 낸 것으로 고룡 잠복 기간이 꼬박 하루였다고 하더라도 실로 놀라운 신속함이었다.

영민을 상당히 소중히 여기고 있는 것일까, 아니면 왕도 바로 근처여서 용종의 위험을 내버려 뒀다간 곧바로 국왕의 귀에 들어가 큰일이 될지도 몰라서일까. 여하튼 통치자의 의무를 제대로 해내는 좋은 영주 같았다.

영군을 내주지 않은 것은 어쩔 수 없는 일이었다.

전쟁을 상정하고 훈련받는 병사들이 용종을 상대했다간 엄청난 피해를 볼 가능성이 있다. 큰돈을 걸고 양성한 소중한 병사를 잃는 것보다 금화 20닢이라는, 영주에게는 푼돈에 지나지 않는 금액으로 헌터에게 맡기는 편이 훨씬 싸게 먹힌다.

용종의 소재 매각 이익을 포기하고 병사의 목숨 쪽을 중시한, 훌륭한 영주였다.

그리고 헌터들 입장에서도 구미가 당기는 의뢰였다.

즉, 사리 분별을 잘하는 영주가 모두가 행복해질 수 있는 올바른 판단을 내린 셈이었다.

"좋아, 대략적인 건 이해했어. 그럼 가볼까!"

애초에 길드에 늦게 갔기 때문에 도착했을 때는 벌써 정오가 지나 있었다. 오늘 밤은 야영하더라도 날이 밝을 때 적을 만나기만 한다면 오늘 안에 승부를 낼 수 있을지도 모른다. 곧바로 탐색을 시작해서 해가 질 때까지 찾아내지 못하면 밤에 내일 탐색 계획을 의논하면 된다.

지금은 글렌이 말한 대로 빨리 움직여야 할 때였다.

* *

'……따라오네…….'

이번에는 상대가 거구이기 때문에 못 보고 지나친다거나 상대에게 먼저 들켜 기습공격을 받을 걱정은 일단 없었다. 하지만 처음 상대해보는 것이기도 하고 다른 파티와의 합동 수주여서 위험을 무릅쓰고 싶지는 않았기에, 마일은 색적 마법을 켜 둔 상태였다. 그리고 거기에 걸려든 것이 바로 뒤에서 일정 거리를 유지하며 따라오는 네 개의 탐지 목표였다.

'이 반응은 어린애 같은데. 어떻게 해야 하지…….'

아마 상급 헌터와 지룡의 전투를 보고 싶었던 것이리라. 작은 마을의 아이들로서는 평생에 한 번 있을까 싶은 초대형 이벤트일 테니까.

이것이 오크나 오거 집락을 습격하는 것이었다면 마일은 즉시 모두에게 알리고 아이들을 쫓아 보냈으리라. 상대의 숫자가 많으면 무슨 일이 일어날지 알 수 없기 때문이다.

하지만 이번에는 적이 아무리 덩치가 크다고 하나 한 마리뿐. 그리고 인질을 잡는다거나 아이들을 방패막이로 삼는 등의 지혜도 없다. '미스릴의 포효'와 '붉은 맹세'가 합세해 공격을 마구 퍼부으면 끝날 일이므로 충분히 거리를 두기만 하면 그리 큰 위험은 없을 것이다.

그리고 마일이 싸우기 전에 격자력 배리어를 쳐두면 '그리 큰 위험은 없다'에서 '하나도 위험하지 않다'로 바뀌겠지.

'그럼 문제없으려나…….'

전생 때 친구가 없어 늘 지루했던 마일은 아이들의 놀이라든가 모험 같은 것에 관대했다. 자신도 줄곧 그렇게 '가슴 실레는 모험'을 해보고 싶다고 생각했으니까.

그래서 명확한 목적을 가지고 헌터 일을 하는 다른 세 사람과 달리, 목적도 없이 타성에 젖어 헌터를 하는 것처럼 보이는 마일이라도 사실은 네 명 중에서 제일 하루하루 즐기며 살아가고 있는 것이었다…….

'돌아갈 생각이 없나 보네…….'

따라오는 네 개의 탐지 목표를 위험으로부터 지키기 위해 계속해서 모니터 중인 마일.

이제 여기까지 와버렸으니 아이들만 돌아가는 게 더 걱정이었다. 그래서 마일은 아이들을 나타내는 광점이 되돌아갈 것 같으면 그때 알아차린 척하면서 아이들과 합류할 계획이었다.

그리고 그것 이외에도 갑자기 멈추거나 속도가 빨라지거나 사방으로 흩어졌을 경우에는 마물을 맞닥뜨렸다거나 어떠한 위험에 노출된 것으로 간주하고 달려갈 생각이기도 했다.

'그나저나 역시 촌에서 자란 애들답네, 잘도 따라온다…….'

마일이 감탄했는데, 그것은 '미스릴의 포효'가 이번 멤버 중에 제일 체력 없는 사람, 그러니까 폴린의 속도에 맞춰주고 있었기 때문이었다.

'붉은 맹세'의 평소 이동 속도가 빠른 것은 많은 짐을 짊어지고 이동해야 할 때 마일의 수납에 짐을 넣고 홀가분하게 걸을 수 있기 때문으로 '짐을 등에 진 다른 헌터보다 빠른' 것일 뿐이지, 이런 상황이라면 체력이 없는 데다가 몸집이 작고 보폭도 작은 폴린에게 압도적으로 불리했다.

요컨대 폴린은 마을 아이들보다도 체력이 없어서 이동 속도가 느리다는 이야기였다. 안타깝게도…….

*　　*

"……이제 곧 어두워지기 시작할 거야. 슬슬 야영 장소를 찾아볼까……."

"아."

글렌이 중얼거렸을 때 마일이 무심코 소리를 냈다.

그러고 보니 자신들은 지룡을 찾을 때까지 야영하면서 계속 탐색 활동을 벌여야 한다. 잠자기 위해 그때마다 마을로 돌아가는 비효율적인 짓을 할 수는 없다.

그러면 따라온 아이들은?

……아웃! 아웃이다.

아이들이 부모 허락을 받고 왔다고는 도저히 생각할 수 없다. 그런 일을 허락해줄 부모가 있을 리 없기 때문이다.

그렇다는 건 무단으로 마을을 나왔다는 이야기. 그리고 그 아이들이 밤에도 돌아오지 않는다면…….

아우우우우웃!

"뒤, 뒤에 작은 생명 반응이……. 아무래도 인간 아이들 같아 요……."

"'아~…….'"

어깨가 처진 마일의 모습을 보고 레나 일행은 '아, 아~까부터 알고 있었나 보네……' 하고 사실을 알아차렸지만, 그것을 굳이 말로 꺼내지는 않았다.

"뭐라고?! 마을 아이들인가? 젠장, 따라오다니. 난처하게 됐잖아……."

진심으로 당혹스러워하는 글렌.

아이들을 그냥 내버려 둘 수는 없지만 지금 마을로 출발한다고 해도 이제 곧 날이 어두워진다.

길도 없는 숲속을 아이들을 데리고 이동하는 것은 어려운 데다가 위험하다. 아무리 A등급 파티라도 캄캄한 어둠 속에서 나무 위 혹은 바위 뒤에서 갑자기 마물과 마주친다면 자신들은 몰라도 아이들까지 지킬 수 있을지는 알 수 없었다. ……애초에 여기서 마을로 되돌아가는 것 자체가 엄청난 시간 손실이었고, 그만큼 보수를 더 받는 것도 아니다.

글렌은 벌레 씹은 표정을 지었지만, 그의 선택지 중에 '아이들을 무시하고 모르는 척하기'라는 항목만은 절대 존재하지 않았다.

"젠장, 아무튼 합류한다. 이야기는 그 후에!"

그 말에 이의를 제기한 사람은 없어서, 다들 고개를 끄덕이며 왔던 길로 다시 향했다.

그리고 곧 아이들을 발견해 말을 걸려던 바로 그 순간.

갑자기 아이들 쪽 땅이 솟아오르더니 거대한 모습이 등장했다.

"뭐얏! 토, 토룡!"

그렇다, 그것은 지룡이 아니라 땅속을 파며 돌아다니는 용종인 토룡('두더지'가 아니다)이었다.

토룡은 땅을 걷는 동물이 내는 진동을 감지해서 갑자기 튀어나와, 커다랗고 강력한 팔로 사냥감을 때려눕히고 먹어 치운다.

그리고 그 토룡이 아이들을 향해 팔을 휘두르려 하고 있었다.

……이미 늦었다.

마술사가 지금 영창을 시작해도 도저히 시간을 맞출 수 없었다.

마일은 예상치 못한 상황에 경악해서 순간 몸이 굳어버려 조금도 반응할 수 없었다. 아무리 신체 능력이 뛰어나도 실전 경험……상대를 봐주며 싸우는 게 아니라 진짜 아수라장을 경험한 횟수가 적은 사람은 도저히 어쩔 수 없는 일이었다.

그리고 '미스릴의 포효'의 전위들은 결코 나쁜 사람은 아니었지만, 잘 알지도 못하는 애들 때문에 자신의 목숨을 내어놓을 정도로 착하지는 않았다.

A등급 헌터는 앞으로도 더 많은 사람을 구할 거다. 그런데 생판 모르는, 그냥 마을 아이들을 위해 지금 여기서 죽으면 아무도 구할 수 없다. 더구나 어차피 지금 뛰어들어봐야 아이들도 자신들도 모두 죽을 뿐인, 허무한 개죽음이 될지도 모른다. ……아니, 틀림없이, 그렇게 되겠지.

그래서 아무도 움직이려고 하지 않았다.

……옳았다. 그것은 헌터로서 분명 올바른 판단이었고, 아무도

뭐라고 말할 수 없었다.

다만 여기에는 헌터로서라기보다 기사로서. 그것도 진짜 존재하는 기사가 아니라 '자기 마음속에 있는 이상적인 기사'로서의 생활 태도를 우선하는 자가 있었다.

늦지 않을까. 자기 목숨은 어떻게 될까. 그런 것은 생각할 필요도 없었다.

그저 반사적으로, 전력을 다해 질주했다. 자신의 의무를 다하기 위해.

검을 뽑을 여유도 없이 그저 날아오는 거대한 팔과 아이들 사이로, 자신의 몸을 던졌다.

반사적으로 든 왼팔.

그리고 토룡의 팔이 거침없이 내려왔다.

아무리 왼팔이 튼튼하다고는 하나, 그건 어디까지나 '왼팔'만이었다.

그 왼팔을 지탱해주는 어깨는.

몸통은.

허리는.

다리는.

……엉망으로 짓눌린 고깃덩어리 속에 멀쩡하게 남아 있는 왼팔.

아마 자기 왼팔의 능력을 과신했을 메비스는 그런 물리적인 부분을 하나도 모를 것이다. 하지만 마일은 그것을 쉽게 상상할 수 있었다.

"안 돼애애애애애애~~~!!!"

그리고 마일의 찢어질 듯한 비명이 울려 퍼졌다.

쿵!

토룡의 팔이 메비스를 덮쳤다.

눈을 커다랗게 뜨고 아무 말도 못 한 채 쳐다보는 '미스릴의 포효', 마일 일행, 땅에 주저앉은 아이들.

······그리고 왼팔로 토룡의 팔을 막고 있는, 메비스.

""""""""헉······.""""""""

토룡 쪽을 향한 채 메비스가 아이들에게 알렸다.

"······알겠어?! 헌터들의 몸에 뜨거운 피가 흐르고 있는 한, 불가능은 없다는 사실을! 우오오오오오오!!"

그리고 날카로운 기합과 함께 토룡의 팔을 튕겨낸 후 검을 확 뽑았다.

"진 신속검!"

휘익!

쿵!

푸욱!

토룡의 목이 닿질 않아 대신 하복부를 벤 메비스.

직후 레나의 파이어 볼과 폴린의 아이스 재블린이 날아왔다.

메비스가 벤 하복부에서 내장이 쏟아져 나왔지만, 마법공격 쪽은 별로 효과가 없는 듯했다.

당황해서 신속함을 중시한 영창 생략 마법이었으니 어쩔 수 없었다. 하지만 그 덕에 '미스릴의 포효'의 젊은 검사와 창사가 달려와 아이들을 데리고 뒤로 물러날 시간을 벌었다. 목적을 이루기에는 충분한 공격이었다.

"어, 어떻게……."

물리법칙에 맞지 않았다.

아연실색해서 그렇게 중얼거리는 마일에게, 나노머신이 고막을 직접 진동시키는 방식으로 말을 걸었다.

『……고작 평범한 의수를 만드는 일에 저희가 10초나 소요했다고 생각하시나요?』

설명한다기보다 그저 자랑하고 싶었던 모양이다.

『이너셜 캔슬러(관성 중화 장치), 운동에너지 상전이 시스템, 에너지 아공간 확산 시스템, 그리고 메비스 님의 전신 강화와 연접 서브 시스템의……』

'드, 듣고 싶지 않아아아!'

미쳐 날뛰던 토룡이 갑자기 달려들었지만 '미스릴의 포효'와 '붉은 맹세'가 일제히 공격에 나섰다.

"나갈 기회도 못 얻고 끝낼 것 같아?! 우오오오오오!"

"아이스 스피어!"

"아이스 재블린!"

"아이스 애로우!"

"필살, 신멸검!"

글렌, '미스릴의 포효'의 세 마술사 그리고 마일의 맹공이 이어 졌다. 그리고 메비스와 레나, 폴린도 두 번째, 세 번째 공격을 이 어갔다.

공격마법에 아이스 계열이 많은 이유는 가능한 가죽을 온전히 벗기려는 의도였다.

……조금 전 레나의 파이어 볼은 어쩔 수 없었다. 그건 메비스 와 아이들을 보호하기 위해 급히 움직인 결과였으니까. 제일 익 숙한 마법을 쓰는 게 당연했다. 어차피 이 정도는 허용범위이다.

애당초 모피에 아무 손상도 입히지 않는 게 그리 쉬울 리 없 었다. 특히 용종은 모피를 보존한 상태로 쓰러트리기란 불가능 했다.

그리하여 아이들을 피신시킨 후, 서둘러 돌아온 검사와 창사는 이미 땅에 쓰러져 있는 토룡을 보고 실망해서 어깨를 떨구고 말 았다.

그 모습을 불쌍한 표정으로 바라본 마일.

'아~, 한 번이라도 공격하게 해줄 걸 그랬네. 이런 기회 흔치 않을 텐데…….'

* *

"이야기가 다르잖아!"

그 후 마일이 토룡을 아이템 박스에 수납하고 야영 준비에 들어갔다.

그리고 평소처럼 마일이 준비한 식사를 모두에게 대접하며 오늘의 반성회라고 할까, 회의가 진행되었다.

마일의 아이템 박스는 '미스릴 포효' 멤버도 원래 알고 있었던 모양이다.

……물론 토룡을 수납하고 대형 텐트를 꺼냈을 때는 놀랐지만, 글렌의 '뭐, 너희니까……' 하는 한마디로 정리되었다.

그리고 지금, 레나가 의뢰 내용이 실제와 달랐던 부분에 대해 길드에 클레임을 걸자고 말하는 중이었는데…….

"최초 발견자는 용종 따위 본 적도 없는 마을 사람이야. 그리고 『거대한 도마뱀 같은 게 땅에서 나왔다』고 보고하면 보통은 지룡이라고 생각하겠지. 토룡이 인가에 내려왔다는 사례는 거의 없으니까 말이야. ……뭐, 단순한 착각이야."

글렌은 간단히 그렇게 말했지만 지룡이라고 들었기에 땅속에서 공격이 올 거란 생각 자체를 하지 않았다. 하물며 기습이라니, 운이 나빴으면 전멸했을 가능성도 있었다.

"그리고 보니 그, 수인 발굴 현장 때, 땅속에서 나온 고룡을 보고 레나 씨도 『지룡이다』 하고 말했었죠? 고룡이 인간의 말을 하기 전까지는. 그리고 갑자기 우리가 먼저 공격을……."

"윽……."

기억이 떠올랐는지 레나가 입을 다물었다.

"뭐, 착각의 여지가 있었다고는 해도 이만큼 큰 의뢰의 내용이 부실했던 것도 사실이야. 그 탓에 우리가 상당히 위험했단 것도 틀림없고. 하지만 기습 위험이 있었다고는 해도, 전투력 자체는 지룡보다 토룡이 훨씬 낮아. 공격력도 방어력도 말이야. 그러니 뭐, 토벌 대상 수준이 확 떨어졌지만 의뢰비는 그대로, 라는 선에서 합의를 보는 게 어떨까? 항의하면 보상금이 나올지도 모르지만 길드 지부도 고의라거나 일을 부실하게 해서 그런 것도 아니니. 목격자인 마을 사람, 그 말을 듣고 길드에 의뢰한 영주 그리고 의뢰를 알선한 길드, 다들 딱히 큰 과실이나 악의가 있었던 것도 아니니까 책임을 추궁해서 어떻게 하는 건 별로 내키지 않아. ……어떻게 생각해?"

'미스릴의 포효'는 돈벌이에 별로 연연하지 않는 '빚 갚기 여행' 중인 것이다. 관대하게 나오는 것도 무리가 아니다. 그리고 '붉은 맹세' 역시 딱히 돈이 아쉽지 않았고 수행 중이고 이름을 알리기 위한 여행 중이었다. 눈살이 찌푸려지는 행동은 별로 하고 싶지 않았다.

"……알았어, 우리도 그걸로 만족할게."

"……저기, 리더는, 나……."

파티의 판단을 자기 멋대로 정해버린 레나에게 슬픈 표정으로 불쑥 중얼거린 메비스.

아니, 메비스도 그 판단에는 찬성했다. 그저 리더로서, 그것은 일단 모두와 상의해서 정하고 자신이 파티의 대표자로서 그렇게 선언하고 싶었을 뿐…….

"그러고 보니, 메비스, 너……."

메비스가 중얼거리는 소리를 들었는지, 갑자기 메비스에게 말을 거는 글렌.

"너만은 정상적인 인간인 줄 알았는데, 너도 저쪽(마일)이었나……."

"허어어어어어어억?!"

글렌의 말에 어처구니없다는 듯 소리치는 메비스.

"뭐, 뭐뭐뭐, 뭐예요, 그 말투는!"

그 말을 듣고 화내는 마일.

구질구질했다.

그리고 메비스를 뚫어지게 바라보는, 반짝거리는 여덟 개의 눈동자.

그것은 마치 동화에 나오는 용사님이나 전설의 영웅에게 보내는 것과 같은 눈빛이었다.

((아~, 또냐…….))

소년 소녀 빠져든다, 빠져들어.

질렸다는 듯이 메비스를 응시하는 레나와 폴린이었다.

*　　*

아이들에게 텐트와 침대를 제공하고 오랜만에 풀을 베어내 만든 간이 잠자리에 누운 '붉은 맹세' 일행. 보초는 '미스릴의 포효'의 여섯 명이 해준다고 해서 '붉은 맹세'는 편안히 잘 수 있었다.

그리하여 풀 위에 누운 마일은 눈을 감고 자는 척하면서 나노머신과 대화를 나누었다.

'……나노, 한 가지 확인하고 싶은 게 있는데…….'

『네, 어떤?』

'아까 분명 「메비스 님의 전신 강화」라고 말했었지? 그게, 무슨 소리야?'

메비스가 말도 안 되는 마개조를 당해버렸다니.

마일은 그것이 걱정이었다.

『아아, 그건 왼팔의 힘을 받쳐주고 분산시키기 위한 보조 장치를 만든 것뿐입니다. 골격과 힘줄, 인대, 근육 등에……. 완력은 다른 수단, 그러니까 이너셜 캔슬러, 운동에너지 상전이 시스템, 에너지 아공간 확산 시스템 등으로 대신할 수 있기에 어디까지나 최종 조정 같은 거지요. 그리고 이건 과부하가 메비스 님의 몸을 파괴하지 않도록 하기 위한 안전장치일 뿐, 메비스 님의 힘과 신체 능력을 키우는 게 아닙니다. 강력한 출력을 버틸 수 있을 뿐이지, 강력한 출력을 내는 게 아닙니다. 다만…….』

'다만?'

『메비스 님이 마이크로스를 쓰실 때 생기는 과부하도 버틸 수 있게 되었으니 앞으로는 마이크로스를 쓰실 때 중상을 입는 것은 피할 수 있지 않을까 합니다…….』

'뭐엇?! 고마워! 그게 늘 걱정이었거든. 언젠가 큰일이 생기지 않을까 싶어서……. 그럼 메비스 씨가 인간을 능가하는 초인이 된 것도 아니고, 내가 준 마이크로스 탓에 매번 죽을 위기에 처할 일도 이제 없는 거네. 고마워, 나노!'

『아니, 마일 님의 소중한 친구시니까 당연한 일을 한 것뿐입니다.』

그렇게 말하며 겸손을 떠는 나노머신이었지만, 마일에게 진심으로 큰 기쁨을 안겨준 것이 몹시 기뻤는지 목소리가 살짝 들떠 있는…… 것처럼 느끼는 마일.

실제로는 마일의 고막을 직접 울려서 대화를 나누는 것이었고, 그것조차도 '연출'로 의도적으로 하고 있을 가능성이 농후했지만…….

나노머신에게 들은 이야기에 기뻐하며 그대로 잠든 마일.

물론 나노머신이 메비스를 위해서 그렇게 처리해준 것도 맞다. 하지만 이면에는 또 한 가지 목적이 숨겨져 있었다.

『좋아, 이제 메비스 님의 마이크로스 사용 빈도가 늘어날 거야! 그렇게 되면 마이크로스 요원으로 출격하기만을 기다리는 애들의 순서 소화 속도가 빨라지겠지. 아직이냐, 아직이냐 하고 자꾸 보채니까, 그 녀석들…….』

그리고 뛸 듯이 기뻐하는, 마이크로스 역할 희망 나노머신들.

나노머신들은 주어진 권한과 명령 범주에서 자신들의 즐거움을 최대한 추구하는 것을 전혀 망설이지 않았다.

그렇다, 눈곱만큼도…….

＊　　＊

"너희드으으으을!"

다음 날 정오 무렵, 마을에 도착하자마자 엄마들에게 몹시 야단맞는 아이들.

어제 이 애들이 사라지고 나서 일어난 큰 소동을 생각하면 아무리 혼나고 또 혼나도 부족한 것 같았다.

넷이 함께 사라졌다는 점이나 하나같이 무모한 개구쟁이라는 점으로 보아 헌터들을 따라갔다는 게 거의 명백했으나, 그렇다고 해서 안심할 수 있는 것은 아니었다.

지룡뿐 아니라 다른 마물, 야수, 도적, 사고, 미아 등 아이가 두 번 다시 돌아오지 못할 이유가 차고 넘친다. 헌터들이 아이들을 알아차리지 못해 그대로 죽었을 가능성도 충분히 있었다.

한편 무사히 목적을 이루고 아이들도 보호한 데다가, 아이들의 말에 의하면 목숨 걸고 용종으로부터 아이들을 구해주었다. 그러니 '미스릴의 포효'와 '붉은 맹세'가 마을 사람들에게 열광적인 환대를 받는 것은 당연했다.

일반 헌터라면 아무 상관도 없는 마을 아이들을 위해 목숨을 걸지 않는다. 마을 사람들조차 자기 아이라면 몰라도 생판 남의 자식을 위해 용종 앞을 가로막는 자는 없으리라.

그런데 헌터들이 아이들을 위해 움직였다. 상식을 벗어난 행동이었다.

이에 마을사람들이 보답과 축하 파티의 의미를 담아 아껴둔 고급 식재료와 비축해두었던 술을 내오려 했고 '미스릴의 포효'와 '붉은 맹세' 멤버는 이를 필사적으로 말렸다.

자신들은 그 정도야 언제든지 먹을 수 있기에 미안한 마음이 더 커서, 그런 대접을 받아도 도저히 맛을 만끽할 수 없을 것 같

219

았다.

결국 그들은 산에서 내려온 게 지룡이 아니라 토룡이었다는 것과 보고 오류는 별문제 없을 거라고 촌장에게 알린 다음 얼른 자리에서 물러났다.

＊　＊

"글렌 씨 일행은 앞으로 어떻게 하실 거예요?"

"우리는 왕도에 이제 막 도착한 참이었거든. 당분간은 머무를 예정이야. 그 이후에는 수행 여행 때의 루트를 그대로 갈 생각이고. 그게 바로 『빚 갚기 여행』의 정석이니까 말이지."

왕도로 돌아가는 길에 마일이 앞으로의 예정을 묻자, 글렌이 그렇게 대답했다.

빚 갚기 여행은 수행 여행에 비해 같은 도시에 머무르는 기간이 짧고 빨리 도는 것이 보통이지만, 왕도 같은 대도시에서는 조금 길게 머무는 듯했다.

"저희는 슬슬 이동하려고요. 어르신들의 느긋한 여행과 달리, 젊은이들은 갈 길이 급하거든요."

"누구더러 『어르신』이라는 거야아앗!"

마일과 글렌이 티격태격하는 사이, 왕도에 도착해 일행은 길드 지부로 향했다.

"의뢰는 마무리했는데 의뢰 내용이 조금 잘못되어 있었어. 토벌 대상의 정보가 잘못 나와 있었다. 그래서 길드 마스터랑 얘기를 좀 하고 싶은데."

"헉! 자, 잠시만 기다려 주세요!"

글렌의 보고를 받은 접수원 아가씨가 안색을 바꾸고 자리에서 일어나 계단으로 달려갔다. 주위에서 길드 직원과 헌터들이 웅성거렸다.

토벌 대상의 정보가 잘못 나오는 건 실수 중에서도 단연 '최악의 실수'였다.

만약 코볼트 무리라고 듣고 갔는데 오크 집단이었다면.

만약 오크 두세 마리라고 듣고 C등급 파티가 갔는데, 오거 세 마리였다면.

……그야말로 치명적인 사태다.

그 절대 해서는 안 될 실수를 다른 나라 A등급 파티를 상대로 저지르고 말았다면.

헌터들은 아차~, 하는 표정을 짓는 선에서 끝날지도 모르겠지만, 길드 직원들의 안색은 몹시 어두웠다.

"……길드 마스터가 뵙자고 하십니다. 자, 어서 이쪽으로."

그리고 곧 돌아온 접수원 아가씨의 안내를 받아, 2층 길드 마스터의 방으로 향했다.

"……이야기를 들어보지."

모두 방으로 들어오자마자 갑자기 본론으로 들어가는 길드 마스터. 몹시 초조해 보였다. 이런 상황이니 무리도 아니겠지만.

그리고 모두를 대표해 글렌이 상황을 설명했다.

"별로 일을 크게 만들 생각은 없어. 지룡이 아니라 토룡이었지만 의뢰 완수로 인정해 준다면 말이지. 길드 의뢰라는 게, 수수료를 떼는 대신 길드가 의뢰 내용을 확인하고 보장하는 거잖아? 근데 그렇다고 해서 길드 직원이 현지까지 가서 내용을 직접 조사할 수는 없는 노릇이고. 이번에는 마을에서 영주를 거쳐 들어온 의뢰니까, 의뢰 내용을 직접 확인해서 보장하기 어려웠겠지. 뭐 용종을 본 적도 없는 사람들이 올린 보고니 어쩔 수 없는 사태였어. 그러니 이번 건을 문제 삼지는 않을게. 그저 결과적으로 의뢰 내용과 다른 일을 해버렸는데, 문제없는지 확인을 하고 싶을 뿐이야."

그러자 길드 마스터는 안심한 표정을 지었다.

아무리 그래도 한 번에 용종이 둘이나 나올 리는 없었다. 그리고 만일에 그렇다면 또 의뢰를 내면 그만이다. 소재 매각 이익을 노린 자가 받아줄 테니, 의뢰 보수액이 그리 높지 않았기에 두 번 의뢰를 낸다 해도 영주의 돈주머니는 큰 타격이 없을 것이고 어차피 둘 다 토벌해야만 하니 결과적으로는 똑같다.

"그런가. 말이 통하는 파티여서 다행이군. 물론 그게 의뢰 착오의 토벌 대상이든, 확률은 무척 낮지만 우연히 같은 장소에 있던 다른 개체이든 간에 금화 20닢을 보수로 정한 용종 토벌 의뢰 완수로 간주하지. 정말 수고 많았네!"

이리하여 당초 예정과는 다른 대상이었지만 일단 의뢰 임무를 완수하고 '드래곤 버스터(용을 무찌른 영웅)'로 이름을 날린 '붉은 맹세'였는데…….

"용 죽이기라니, 이제 와서 새삼……."

"뭐, 고룡도 와이번도 죽이지는 않았으니까. 일단 이번이 『최초의 용종 토벌』인 것 아닐까?"

레나와 메비스의 대화에 고개를 끄덕이는 마일과 폴린.

그리고 그 말을 듣고 '역시 고룡과의 일화는 아주 많이 줄여 보고한 거였나……' 하며 맥 빠진 표정을 짓는 '미스릴의 포효' 일동이었다…….

"매입을 부탁한다!"

헌터 길드 지부의 뒤편, 소재 해체 및 보관 창고를 찾은 '미스릴의 포효'와 '붉은 맹세'.

글렌이 큰 소리로 소리치자, 조금 떨어진 곳에서 작업 중이던 우락부락한 남자가 다가왔다.

"작은놈 매입이라면 본관 매입 창구에서 받는데."

그렇게 말해도 별수 없었다. 다들 장비 이외에는 빈손이었으니까…….

작은 것은 매입 창구에서 처리하고, 헌터가 스스로 직접 여기까지 가져오는 것은 매입 창구에 내려놓기 곤란한 것, 즉 오크 한 마리라든가 사슴이나 멧돼지 같은 종류였다.

……어차피 좁고 단차가 있어 짐수레가 들어올 수 없는 길드 지부 본관의 정면 입구를 지나 오크랑 사슴 따위를 짊어지고 매입 창구까지 가기도 불가능하지만.

혹시라도 의기양양하게 그런 사냥감을 창구까지 옮겨오는 자가 나오지 않도록 일부러 본관 정면 입구를 그런 식으로 만든 것인지도 모른다. 어느 세계에나 제 잘난 맛에 사는 사람은 있는 법이니까…….

"아아, 미안 미안, 이 녀석 『수납 보유자』거든. 용량이 어마어마하게 커서 말이야, 대물이 들어 있어."

생각해보면 이 도시에 온 후로 아직 마일의 수납 구경을 하지 못했다.

글렌 일행은 티루스 왕국의 길드 지부에서 소문을 들어 알고 있었지만, 이곳 헌터나 길드 직원들은 아직 그 사실을 몰랐다. 그래서 해체 종사자가 그런 식으로 말하는 것도 무리가 아니었다.

게다가 글렌 일행이 A등급 파티라는 사실도 아마 아직 모를 터였다.

그것만이라도 안다면 조금은 더 정중한 태도로 나왔을지 모른다. ……그런 걸 신경 쓰는 글렌 일행은 아니지만.

"그런가, 미안하다. ……그나저나 대물이 통째로 들어가는 수납이라니, 굉장한데……. 못해도 언젠가 B등급은 되겠군."

그렇다, 헌터의 공적은 마물 토벌이나 호위 등 소위 말하는 '전투계'만 있는 것이 아니다. 대용량 수납마법을 쓰면 다양한 의뢰를 수월하게 해낼 수 있다. 그러니 '전투계는 아니지만, 특수한 의뢰에서의 전문가'로서 B등급이 되는 경우도 존재하는 것이다.

귀족 자녀의 호위 전문으로 명성을 떨치고 있는 '원더 쓰리' 등도 그런 '특수 의뢰 전문가'라고 할 수 있으리라. 그래서 그녀들도 마물 토벌 실적은 없지만, 조만간 C등급이 될 수 있을 터다.

물론 전투력은 낮아도 '다른 사람이 반드시 지켜줄 거니까'라는 약속으로, B등급이나 A등급에 전투 메인인 파티로부터의 영입 권유가 쏟아지기도 한다. 그 용량에 따라서는 말이다.

그 정도로 수납마법, 그것도 특히 대용량 수납마법 구사자는 귀중하고 요긴한 존재였다.

"그러면 여기 꺼내 봐라."

"잠깐만요, 너무 좁을 거 같은데, 여기 뒤에서 꺼내도 될까요?"

해체하는 남자가 말한 공간이 다소 좁았기 때문에 마일은 자기 뒤쪽, 아무것도 없는 넓은 공간 쪽을 손가락으로 가리켰다.

"음? 뭐 상관은 없다만……."

여기도 충분할 것 같은데 굳이 다른 장소를 희망하는 소녀에게 살짝 의문을 느꼈지만, 수납마법 사용자에게는 뭔가 그렇게 할 만한 사정이랄까 이유가 있을지도 모른다. 물건을 꺼낼 때 안에서 흐른 피가 같이 나와 사방으로 튄다든지 예전에 넣었던 사냥감의 피와 살이 수납 안에 달라붙었다가 부패해서 악취가 새어 나온다든지…….

그런 생각이 들어 별로 깊이 고민하지 않고 승낙했던 것인데…….

"그럼, 꺼낼게요. 자!"

쿠우우우우우우우웅……

""""""으아아아아아아아악~~!!""""""

"장난하냐, 네놈들……."

그렇게 말하며 노려보는 해체 담당 아저씨.

""""""미안합니다…….""""""

딱히 장난친 기억은 없다. 사과할 일은 아니었다.

하지만 지금은 눈치껏 순순히 사과하는 게 좋았다.

그 정도 이해력은 있는 '붉은 맹세'였다.

그리고 남 일인 척 구는 '미스릴의 포효'를 노려보는 것을 잊지 않는 레나.

뭐, '미스릴의 포효'도 나이를 먹을 만큼 먹은 A등급 파티인데 이런 일로 해체 담당자들에게 머리를 숙이고 싶지 않겠지. 그래서 C등급이고 아직 신입인 자신들이 대표로 머리 숙이는 거야 별로 상관없다. ……그래도 이건 '빚'이니까요, 하고 눈으로 말하는 폴린이었다.

마일과 메비스는 쓴웃음…….

"아니, 뭐 너희가 잘못한 건 아니지만……. 그래도 이 세상에는 『상식』이란 게 있다고, 『상식』이란 게!"

해체 담당자 중 몇 명이 기겁하거나 살짝, 아주 살짝…… 오줌을 지리는 바람에 해체장은 현재 제 기능을 못 하고 있었다.

아니, 설령 그렇지 않더라도 이런 물건을 꺼내버리면 당분간 다른 일은 할 수 없을 것이다.

"······못 보던 얼굴인데. 외지 사람인가?"

"수행 여행 중인 C등급 파티 『붉은 맹세』야!"

"빚 갚기 여행 중인 A등급 『미스릴의 포효』다."

레나와 글렌에 의한 두 파티의 소개를 듣고 눈을 동그랗게 뜨는 해체 담당 아저씨.

"모두가 한 파티인 줄 알았는데, A등급과 C등급인 별개의 파티였다니······. 그럼 수납을 구사하는 아가씨는 A등급 쪽인가?"

"아, 아뇨, 저는 C등급 쪽이고, 저희는 여성으로만 이루어진 4인 파티예요."

"············."

마일의 대답에 뭔가 말하고 싶은 듯한 표정으로 글렌을 쳐다보는 해체 담당 아저씨.

아마도 '뭘 꾸물거리고 있어?' 하고 말하고 싶겠지.

합동으로 의뢰를 받는 정도면 사이가 그리 나쁘지 않을 터. 그렇다면 황금 달걀, 아니 보석 달걀을 낳는 소녀를 보유한 여성 파티를 그대로 흡수하는 것이 상식적인 파티 리더가 골라야 할 선택지이리라.

A등급 파티의 권유를 거절하는 신입 C등급 파티가 있을 리 없고, A등급 파티의 전투력과 상식에서 벗어난 수납마법이 만나면 막대한 부를 쌓으리라는 것쯤은 쉽게 상상할 수 있다. ······그렇다, '상상할 수 있는' 것이다.

아저씨가 보내는 시선의 의미를 정확히 이해한 글렌이 불쑥 중얼거렸다.

"······스카우트하려고 했지만, 거절당했어······."

"······미안."

글렌의 대답에 대충 사정을 눈치챈 아저씨가 순순히 사과했다.

"어쨌든 오늘은 돈을 못 줘. 밤새 모피 상태랑 각 소재의 크기 및 품질을 확인해서 조정을 마치겠지만, 값은 며칠 뒤에 치르지. 주요 상인들한테 말해서 선불로 돈을 모으지 않으면 도저히 낼 수 없는 금액이야, 이건······."

하긴 길드 금고에 언제든 용을 사들일 수 있을 만큼의 금화를 가지고 있을 거란 생각은 들지 않았다. 어쩔 수 없는 일이었다.

"알았다. 접수 쪽에는 몇 번인가 얼굴을 내밀 테니 전할 말이 있으면 거기로 전언을 부탁할게."

글렌이 그렇게 말한 후 다 함께 해체장을 빠져나왔다. 뒤에서 들려오는 '길드 마스터를 불러! 왜 미리 연락을 주지 않았냐고, 다른 나라의 A등급 파티랑 귀여운 아가씨들 앞에서 창피만 당했잖아, 젠장 맞을!!!' 하는 노성은 못 들은 척하고······.

"그럼 다음에 또 보자."

"네. 그럼!"

그렇게 길드 지부 앞에서 헤어져 각자의 숙소로 돌아가는 '미스릴의 포효'와 '붉은 맹세'.

보수와 소재 매각 이익은 반씩 나누기로 이미 합의했다.

인원 비율로 따지자면 '미스릴의 포효' 쪽이 손해지만, 전투에서 세운 공적은 둘째 치더라도 마일의 수납마법이 없었다면 어차피 조각만 들고 와야 했기에 이만한 금액을 받기는 불가능했다. 결국, 이것만으로도 감지덕지라는 주장에 만족하기로 했다.

폴린 역시 글렌 일행으로부터 소재 매각 이익의 대략적인 예상 가격을 들은 순간 일절 이의 없이 묵묵히 받아들였다. 어딘지 꺼림칙한 미소를 머금고……

그렇게 사라지는 '붉은 맹세'의 뒷모습을 바라보던 '미스릴의 포효'는 그 자리에 털썩 주저앉았다.

"……저게, C등급 신입이라니……."

"우리는 『빚 갚기 여행』인데, 저, 저 녀석들은 저게 신입 헌터로서의 첫 『수행 여행』……."

"엄청난 전위에, 엄청난 마술사. 그것도 네 명, 전부……."

"하하, 우리, A등급 맞지? A등급이 된 거…… 맞지……?"

여행은 이제부터 시작인데, 파티의 사기는 땅끝까지 떨어지고 말았다.

"……뭐 어때, 우리가 약한 게 아니라 쟤들이 이상한 거야! 그러니까 의기소침해지지 말자. 복창해, 어서!"

"……우, 우리가 약한 게 아니라, 쟤, 쟤들이 이상한 거다……."

글렌의 말에 맥없는 목소리가 들렸다. 하나만…….

"좀 더 큰 소리로! 어서, 다 함께!"

""……우, 우리가 약한 게 아니라, 재, 쟤들이 이상한 거다…….""

"좀 더! 다 함께!"

""""우리가 약한 게 아니라, 쟤들이 이상한 거다!""""

"좀 더! 좀 더! 자, 같이!"

""""""우리가 약한 게 아니라, 쟤들이 이상한 거다!""""""

파티 리더인 글렌의 일 중 하나긴 하지만, 파티의 사기를 유지하는 것도 몹시 힘든 일이었다…….

＊　＊

"그나저나 역시 A등급 파티는 굉장하네……."

"네, 지금까지 함께 의뢰를 받았던 C등급 파티 분들과는 말 그대로 격이 다르네요!"

"그러게. 그 차분함과 안전감 그리고 실력. 우리와의 다리 역할을 해주었던 파티 리더 글렌 씨 말고는 다들 조용하고 차분하고 말수 적고 강인한 어른의 풍격이었고……. 우리가 공격마법으로 견제한 순간의 틈을 틈타 애들을 둘씩 잡아 안전권으로 피한 것도 그렇고, 별로 눈에 띄지 않았던 창사랑 젊은 검사 둘도 순간 판단력과 결단력, 그리고 위험을 무릅쓰고 마을 아이들을 위해 용에게 달려가는 담력과 정의감. 과연 A등급다운 구석이 있었어…….""

메비스에 이어 폴린 그리고 평소에는 남을 별로 칭찬하지 않는

레나마저 절찬했다. 상당히 감동한 모양이었다.

파티 등급이 A라는 것은 글렌뿐 아니라 멤버 절반 이상의 각각 A등급이 되었다는 뜻이다.

젊은 귀족이라면 기사 관직 러브콜이 올 가능성이 있는 A등급.

그렇다, 메비스의 최종 목표였다.

자신을 돌봐 준 '붉은 번개'의 이름을 역사에 남기기 위해 A등급이 되려 하는 레나에게도 마찬가지로 최종 목표인 꿈의 도달점.

""하아아아아······.""

너무도 높은 벽.

너무도 먼 여정.

입을 모아 땅이 꺼질 듯 큰 한숨을 내쉬는 레나와 메비스였다.

그리고······.

"진짜, 대단해요, 글렌 씨랑 그분들······."

천진난만하게 말하는 마일을 흘겨보는 레나와 메비스.

((애한테는 식은 죽 먹기겠지, A등급이든 S등급이든······.))

어깨가 처진 두 사람에게 폴린이 살짝 작은 목소리로 위로의 말을 건넨다.

"두 분이 약한 게 아니에요. 마일이 이상한 거지. 그래요, 그냥 마일이 이상한 거니까······."

그리고 폴린의 말을 듣지 못한 마일은 제일 앞장서서 씩씩하게 여인숙으로 향해 난 길을 걸어가는 것이었다······.

단편 메비스의 야망

"마일, 전에 들려줬던 『정의의 메뚜기 괴인』 이야기, 한 번 더 듣고 싶은데 해줄래?" (가면라이더의 메뚜기 남자 패러디)

어느 날, 메비스가 마일에게 그런 말을 했다.

"엥? 그거야 별로 상관없지만……."

"그리고 『왼팔이 의수인데 그것을 빼면 검이 나오는 남자』랑 『왼팔과 오른팔이 골렘인 소년』 이야기도, 부탁해."

"엥……."

예전에 했던 이야기를 또 들려주는 거야 상관없지만 『왼팔이 의수인데 그것을 빼면 검』이라는 게 어떤 이야기였는지 마일은 알 수 없었다.

'맹독 뱀 남자 이야기였나? 백귀 제국(百鬼帝國, 만화 『겟타 로보G』에 등장하는 악의 세력)의…… 아니, 하키마루(百鬼丸, 만화 『도로로』의 주인공) 쪽이었나……?'

『맹독뱀 남자』 이야기에서 팔에 총을 붙이는 대목은 아직 총이 발명되지 않은 이 세계에서 위화감이 생길 것이기 때문에, 마일은 총 대신 사이코 소드(마검)를 장착했다고 바꿔서 『일본 전래 허풍동화』를 구성했다. 그래서 '팔이 검'이라는 내용만으로는 48마리의 마물을 쓰러트리는 여행을 하는 청년의 이야기와 분간이 가지 않았다.

"그리고 왼팔이 드릴(원추 나선)로 된 합체 변형 거대 골렘이랑 온 몸에 무기가 들어 있는 『세포구 마루마루 4호』랑 『외팔 머신걸(기계검 소녀)』, 『극도병기』, 『드릴 소녀 스파이럴(소용돌이) 나미』 이야기를……."

느낌이 팍 왔다!

천하의 마일도 그렇게까지 치우친 요청을 받아버리면 싫어도 알 수밖에 없었다.

"으~음, 메비스 씨, 뭔가 꿍꿍이가 있죠?"

"움찔!"

"왜 거기서 의성어를 말로 하는 거야……."

어이없다는 표정으로 메비스와 마일을 쳐다보는 레나와 폴린이었다…….

"……그래서 도대체 무슨 꿍꿍인데요?"

"꾸, 꿍꿍이? 아, 아니, 난 아무 생각도 안 했는데?"

"하긴 메비스 씨는 늘 별로 생각이 없긴 하지만……."

"뭐?"

"뭐요?"

"마일 너한테만은 그런 말 듣고 싶지 않다고!"

"그, 그게 무슨 의미인가요오오오오오!"

싸움이 나고 말았다.

평소에는 사이좋은 '붉은 맹세'지만, 다툼이 전혀 없는 것은 아니었다.

돈을 쓰는 용도에 대해(당사자 중 한쪽은 반드시 폴린), 식당 선택에 대해, 그리고 레나와 마일이 가슴이나 키에 대해 자학성 발언을 했을 때 부정하지 않고 자기도 모르게 '응, 그러네' 하고 동조해버리고 말았을 때라거나…….

여하튼 이따금 싸울 때도 있는 것이다. 이번처럼…….

"허억, 허억, 허억…… 그, 그래서 아까 하던 얘기 말인데요……."

"윽, 그냥 안 넘어가네……."

아무래도 메비스는 은근슬쩍 넘어가려고 일부러 논쟁을 벌인 모양이었다.

하지만 마일은 전부 꿰뚫어 본 듯했다.

"뭔가 안 좋은 생각을 하고 있죠? 필살기라든지, 드릴 팔로 바꿀 수 있게 부속 장치 방식을 쓴다든지, 로켓 펀치(분진 강완)라든지, 너클 봄버(분진 쇠주먹)라든지…….."

"움찔움찔움찔!"

"아니 그러니까 의도적으로 의성어 말로 하는 거 그만하라고…….."

레나가 또 한 번 꼬집었다.

"아, 아니, 하지만 전사의 로망이잖아. 최종 비술이라든가 필살기라든가 비장의 무기라든가 드릴이라든가 자폭장치라든가…….

왜냐하면 엄청……."

""멋있으니까!""

늘 그렇듯이 마일과 화음을 이루는 메비스.

"……아무튼 그 의수에 이상한 장치(기믹)는 없어요! 움직임이
원래 팔보다 정확하고 출력도 좀 더 향상되긴 했지만, 기본적으
로는 『받은 힘을 받쳐주는 기능』이 뛰어난 것일 뿐이지, 팔을 휘
두르는 힘은 비슷하다고요! 그러니까 받기 전문, 『총수』예요! 그
리고 발사 기능 같은 것도 없으니까요! 팔이든, 손목이든!"

마일이 그렇게 단언하자, 어깨를 축 늘어뜨리는 메비스.

"어차피 메비스 씨는 기사를 꿈꾸고 있잖아요? 그런, 의수의
성능에 의지한 힘으로 기사가 되면 기쁠까요?"

"으……."

아픈 구석을 찔려 말문이 막힌 메비스.

과연 마일의 말대로였다.

하지만.

하지만…….

마일의 간단한 충고 한마디로 갑자기 능력이 향상되는 마술사
조에 비해 시간 들여 노력에 노력을 거듭해서 겨우 한 단계 올라
가는 것이 전부인 자신.

……아주 조금은 편법(치트)을 써도 괜찮지 않을까.

그것은 메비스가 그렇게 생각하기에 충분한 부당함이었으며
'세상의 이치'였다.

게다가 마일이 '일본 전래 허풍동화'에서 했던 그 말.

'악은 완전히 응징해야만 합니다. 그러기 위해서는 무슨 짓을 해도 상관없어요! ……「완전징악」입니다아아앗!'

마일로서는 드물게도 '권선징악'이라는 단어를 잘못 기억하고 있었다.

사실 마일은 그것 말고도 몇 가지 잘못 알고 있는 게 있었다.

교토 오하라 삼천리…… 거리가 몹시 먼 것을 비유함. (일본의 지역 '교토 오하라 산젠인'의 착각)

동대 밑이 더 좋다…… 도쿄대를 나오면 생활이 윤택해진다는 뜻. (등잔 밑이 어둡다'의 일본어 발음이 비슷한 데서 온 착각)

사공이 많으면 배가 산으로 간다…… 많은 지휘관이 힘을 모으면 불가능도 가능해진다.

들개…… 들에서 하는 일을 도와주는 기특한 개.

마일은 '민명서방(일본 만화 『돌격! 남자훈련소』에 등장하는 가상의 출판사)'이라는 출판사가 실재한다고 믿었고, '알고 있나!'로 시작하는 어둠의 조직 간부(특촬물 『초광전사 샹제리온』의 등장인물 쿠로이와 쇼고)가 알려주는 상식을 진짜라고 여기고 있었다.

아무리 성능 좋은 컴퓨터라도 데이터를 잘못 입력하면 올바른 답을 출력할 수 없다.

……그런 것이었다.

"정의를 위해서라면 다소의 편법은 허용할 수 있어!"

"우와, 뻔뻔하네, 이 여자……."

마일의 말에 순간 겁먹었다가 급히 당당한 표정으로 그렇게 선언한 메비스에게 레나가 황당한 표정을 지으며 말했다.

그리고 메비스의 말에 찬성하며 마구 고개를 끄덕이는 폴린.

마일로 말할 것 같으면……

"으~음……"

고민하고 있었다.

'나노, 기술적으로 그리고 금칙사항이랑 관련해서, 가능해?'

【기술적으로 말씀드리면, 이 세계나 마일 님의 전생인 지구의 기술 수준을 봤을 때 평범한 분진 시스템으로는 불가능합니다. 날개도 없고 저 팔은 공력 보디도 아닌 만큼, 분진 추진만으로는 중력 방향에 수직으로 날기에 안정적이지 않아요. 또 무게와 각종 에너지의 분산 및 상쇄를 위한 시스템을 내장한 팔 그 자체를 발사하게 되는 것이기 때문에 발사 때 후방으로 뿜어져 나오는 화염 분류의 열과 반동을 메비스 님의 본체가 견디지 못하리라는 것, 또 팔 내부에 충분한 양의 추진제를 수납할 공간이 없다는 것, 기타 여러 가지 사정으로……. 다음으로 금칙사항과 관련하여 말씀드리면 그 기능을 실제로 장착하기 위해서는 그래비티 컨트롤(중력 제어) 기술이 필요하다는 것, 마법을 쓰지 못할 메비스 님이 그걸 남에게 보여주었을 경우 문제가 야기되리라는 것 등 다양한 문제가 있어서…….】

'응응, 역시 불가능하겠지…….'

【개조 작업에, 15초 정도가 걸립니다.】

"가능하냐아아아아앗!"

"뭐, 뭐야, 갑자기 큰 소리로……"

무심코 소리를 내버리고 만 마일이었다…….

【할까요?】

'안 해도 돼앳!'

"……가, 가능한 거야? 마일!!"

나노머신의 말이 들리지 않는 메비스는 마일의 '가능하냐아앗!' 하는 말을, 마일이 머릿속으로 의수 개조 가능 여부를 검토한 결과를 말로 꺼낸 것이라고 생각해 눈을 번뜩……, 아니 눈을 반짝이며 마일에게 바짝 다가갔다.

"가, 가까워! 가까워욧, 메비스 씨이이!"

양어깨를 붙들리고, 얼굴을 10cm 정도까지 들이대자 마일이 왠지 불안한 모습으로 얼굴을 붉혔다.

"아~……."

"아아……."

그러면 안 돼, 하는 얼굴인 레나와 폴린.

……그렇다, 아무리 파티 동료이고 매일 아침부터 밤까지 함께해 익숙하다고는 하나 그래선 안 되었다.

메비스는 지나치게 '남자' 같았다. 그것도, 남자가 생각하는 '남자'가 아니라 소녀가 생각하는 '이상적인 남성'에 너무도 가까웠다…….

"저, 저는 동인녀가 아니거든요! 물론 백합 취향도 아니거든요!!"

"……마일, 『동인녀』라는 건 남자끼리 그러는 거 즐기는 사람 아니었어?『일본 허풍동화』에 따르자면."

"레나, 그건, 지금 별로 중요하지 않아요……."

레나와 폴린의 대화는 듣는 둥 마는 둥 마일과 메비스의 싸움은 계속 이어졌다.

"안 돼, 안 된다고욧!"

"그걸 어떻게 좀! 아주 살짝만! 아주 살짝만이어도 되니까!"

""이건 절대 양보 못 해애애애애애애!""

작가 후기

여러분, 오랜만에 인사드립니다. FUNA입니다.

드디어 10권, 두 자릿수에 진입했습니다!

여기까지 올 수 있었던 것은 전부 독자 여러분 덕분입니다. 감사합니다!

그리고 애니메이션의 TV 방영(예정)까지, 드디어 1년이 지났습니다!

제작은, 순조롭게 늦춰지고 있답니다.

아니, 화살은 과녁에 박히는 법, 애니메이션 제작은 늦어지는 법, 이라는 게 세상의 상식이자 이치이므로…….

일본에서 10권이 발매되는 것이 3월 중순. 이제 곧 애니메이션 제작 최신 정보가 발표될 겁니다! ……발표되겠죠?

괄목상대(刮目相對) 해봅시다!

이번 10권은 메비스의 대활약이 펼쳐집니다!

본문도 표지도, 함께 수록된 단편도 전부 메비스, 메비스, 메비스 축제!

고룡, 토룡까지 용종 더블 헤더!

파워 업 한 새 필살기! 그리고 우정 파워로 인간의 능력을 초월한다아아앗!

메비스 : "몇 번째냐고, 내가 인간의 능력을 초월하는 거⋯⋯."

여자를 후리는 진가 발휘! 소녀를 끌어당기는 메비스 슈퍼 자력!
그리고 이번에는, 왜 항상 '붉은 맹세' 멤버들의 말이 자주 겹치고 화음을 이루는지에 대한 비밀도 시원하게 풀립니다!
아하, 그랬던 것인가!

다음 권에서는 마침내 이 세계에 관한 비밀의 일부가 모습을 드러낸다?
'붉은 맹세', 수수께끼 유적으로.
모든 나노머신이 울었다(泣)!!

그리고 유적하면, 콤바인!(농기계 '이세키 콤바인'. 유적의 일본 발음이 '이세키'인 데서 비롯한 말장난)
레츠, 콤바인!

양쪽 콩팥에는 마석이 순조롭게 성장 중.
모든 FUNA가 울었다(泣)!!
FUNA : "앗, 그거, 퐁!!"
마일 : "그건 다른 울다(鳴)잖아요오오오옷!"

그리고 '붉은 맹세', 후방으로 전술적 전진!

마일 : "『붉은 맹세』의 기어는 전진 1단, 후진 5단입니다!"

메비스 : "이탈리아군의 전차냐고오옷!"

나노머신, '이로하 시리즈' 본편에서 나올 기회는 있을 것인가!

【나노 이!】

【나노 로!】

【나노 하!】

【나노 페이트!】

……판권 문제로, 나올 기회는 없겠군, 아마도…….

그럼 또 다음 권에서 만날 수 있을 거라 믿으며…….

마지막으로 일러스트레이터 아카타 이츠키 님, 담당 편집자님, 책 디자이너 야마카미 요이치 님, 교정 교열 및 인쇄, 제본, 유통, 서점 등에 종사하시는 관계자 여러분, 감상과 지적, 제안, 충고, 아이디어 등을 아낌없이 주시는 '소설가가 되자' 감상란의 여러분, 그리고 무엇보다도 이 작품을 읽어주신 모든 분께 진심으로 감사드립니다.

그럼 늘 빼놓지 않는 마지막 대사를.

……또 한 걸음, 야망에 다가갔다…….

후기?

자, 애니메이션 이야기입니다만, 작업이 순조롭게
진행되고 있는 모양으로, 종종 제작 정보를 받고 있습니다.
……이야아……두근거리네요!
좋은 느낌이에요~~
그나저나 본편에서는 환상의 수영복 차림이라든가
있을까요? 있으면 좋겠다…….

아카타 이츠키

저, 능력은 평균치로 해달라고 말했잖아요! 10

2019년 10월 25일 1판 1쇄 인쇄
2019년 11월 1일 1판 1쇄 발행

저 자	FUNA
일 러 스 트	아카타 이츠키
옮 긴 이	조민정
발 행 인	유재옥
본 부 장	조병권
담당편집자	조찬희
편 집 1팀	정영길 김민지 이성호 조찬희
편 집 2팀	김다솜
편 집 3팀	박상섭 김효연 임미나
미 술	강혜린 박은정
라이츠담당	박선희 김슬비
디 지 털	최민성 박지혜
발 행 처	㈜소미미디어
등 록	제2015-000008호
주 소	서울시 마포구 토정로222, 403호 (신수동, 한국출판콘텐츠센터)
판 매	㈜소미미디어
마 케 팅	한민지 한주원
물 류	허석용 최태욱
전 화	편집부 (070)4164-3962, 3963 기획실 (02)567-3388
	판매 및 마케팅 (070)4165-6888, Fax (02)322-7665

ISBN 979-11-6389-916-7 04830
ISBN 979-11-5710-478-9 (세트)